Grazia Deledda

Ferro e fuoco

© 2023 Culturea Editions

Texte et illustration de couverture : © domaine public
Edition : Culturea (Hérault, 34)
Contact : infos@culturea.fr
Retrouvez notre catalogue sur http://culturea.fr
Imprimé en Allemagne par Books on Demand
Design typographique : Derek Murphy
Layout : Reedsy (https://reedsy.com/)

Dépôt légal : janvier 2023

ISBN : 9791041843398

Ferro e fuoco

Un preistorico rito, oltre a quello di fare il pane in casa, voleva mia madre, nella nostra casa di Nuoro, segnare alle sue farfallesche figliuole. Questo rito era venuto dalle montagne della Barbagia fin dai tempi in cui all'ansito dei puledri selvaggi si univa quello degli indomiti cavalieri Iliensi.

Si trattava di assistere al sacrifizio del maiale e manipolarne le carni e i grassi fumanti. Per fortuna la battaglia, davvero a ferro e fuoco, era da vincersi solo una volta all'anno, contro un nemico al quale, si può dire, fino a quel giorno io e le sorelle non avevamo dato importanza. Veniva giù in marzo, coi caldi venti orientali, l'arzillo adolescente maialino: scendeva dai cari boschi di lecci dell'Orthobene con una grossa ghianda ancora ficcata nella zanna rabbiosa, coi piedi legati, sul cavallo del servo che lo portava in arcioni e invano tentava di placarne le proteste.

La gabbia dove veniva ficcato, sebbene alta e spaziosa, non lo consolava di certo: erano, i primi giorni, grugniti che spaventavano persino il prode gallo del cortile; e tentativi di smuoverne le sbarre e persino il grande truogolo di granito che forse gli ricordava le pietre della patria perduta. Poi la fame e l'ingordigia lo domavano: il truogolo diventava la fonte della sua nuova felicità. E che opima felicità. Tutto gli era concesso: le grasse succulente pappe di crusca, le ultime ghiande; e poi i fichi d'India rossi del sole della valle, e le scorze dei cocomeri per rinfrescarlo del loro ardore; e le perine selvatiche che portavano l'aspro odore degli altipiani ventosi; infine di nuovo ghiande, ghiande, ghiande; le sue zanne, a furia di masticare, diventavano lucide come punteruoli d'avorio.

Ma nello svolgersi delle stagioni lo accompagnava e confortava anche l'affetto della padrona: affetto sincero, scevro di equivoco interesse, pietoso anzi per la crudele sorte di lui: e l'animale doveva sentirlo, perché rifiutava sdegnoso l'ipocrita simpatia degli altri suoi rifornitori di cibo. Una volta mia madre dovette assentarsi per tre giorni da casa: ebbene, il porco vivente in quell'anno di grazia dimostrò il suo dispiacere con un sacrifizio che pochi amanti abbandonati sono disposti a compiere: per tre giorni non volle mangiare.

È vero che si rifece nei giorni seguenti e sempre di più a misura che cresceva e ingrassava; gli occhi gli si affondavano fra le guance cascanti e le orecchie molli di grasso; la beatitudine più invidiabile lo penetrava tutto: mangiava e dormiva, e anche nel sonno gemeva di voluttà. Arrivò un giorno in cui non poté più sollevarsi; ma sembrava un ubbriaco, gonfio di abominevole felicità.

Allora, in un fresco turchino giorno del primo inverno, arrivavano due valentuomini: uno, smilzo e nero, con un berretto frigio sulla testa rapata e le maniche della camicia rimboccate sulle braccia pelose: sembrava un boia; l'altro un paciocccone roseo e lucido: erano due celebri macellai. Il maiale viene, con grandi sforzi dei due bravi, tratto fuori dalla sua reggia. Dove lo conducono? Esso protesta, poiché non vorrebbe ritornare neppure nei boschi natii, dove sulle rosee famiglie dei ciclamini cadono i confetti delle ghiande: ma è verso un luogo ancora più bello delle radure fiorite d'asfodelo dell'Orthobene che l'infelice deve andare: verso i prati che i poeti d'ogni tempo hanno garantito per i più ameni del mondo, ai confini della terra. Verso la morte.

Il paciocccone è il più feroce. Tira fuori la lesina, col manico di corno inciso, lunga e acuminata come lo stiletto di un sultano geloso: il porco, rovesciato in terra, impotente a muoversi, sente il pericolo e urla; ma l'uomo gli affonda il ferro nel punto preciso del cuore, e non una stilla di sangue accompagna l'agonia della vittima. Poi arde il rogo, in mezzo al cortile, e i due uomini vi dondolano su, come in un giuoco di giganti, l'animale morto; arde il suo pelame irto ancora di dolore, e il fumo appesta i dintorni, richiamando sulla cresta del muro del cortile le faccette diaboliche di tutti i monelli della contrada. Una scena quasi dantesca si svolge adesso intorno alla vittima, che viene rapidamente raschiata del pelame abbrustolito, poi spaccata dalla gola all'inguine: sgorgano le viscere fumanti, che vengono versate in un *lacre*, il grande recipiente di legno che serve anche per l'innocente manipolazione del pane; viene scolato il sangue; un solo viscere è lasciato per ultimo, nella voragine ardente del grande ventre vuotato: è il fegato.

E adesso, amici, non inorridite, anzi esaltatevi come i bambini arrampicati sul muro, dal quale, attraverso il velo acre del fumo che ancora esala dal rogo, assistono allo spettacolo come dall'alto di un anfiteatro: poiché il boia pacioccone, con un cenno quasi ieratico, invitano chi dei presenti vuole mordere il fegato caldo della vittima. E c'è, sì, chi lo morde: una delle signorine la prima; l'esempio è imitato; le preghiere le urla dei ragazzi perché sia permesso anche a loro il rito sembrano quelle di figli di guerrieri. E, invero, la cerimonia ha un significato epico: poiché la bocca che morde il fegato ancora caldo di una vittima non conoscerà mai il gemito della viltà. Così, tante volte, quando ho piegato il viso sulla voragine sanguinante della vita, ho ricordato il curioso rito degli antichissimi avi.

E coraggio bisognava dimostrarne subito, nelle faccende seguenti; meno male il primo giorno, quando il quadro continuava a colorirsi di tinte omeriche, e i macellai, dopo aver squartato il porco, dividendo il bianco dal rosso, versando il sangue raddolcito dallo zucchero e dallo zibibbo nei budelli più grossi, s'incaricavano di arrostire allo spiedo il miglior pezzo di filetto; e prendevano parte al banchetto alla tavola dei padroni; e, andati via loro, alla sera, il profumo del sanguinaccio cotto sembrava quello di un dolce da sposalizio. Ma la mattina dopo le signorine dovevano, con ancora in mente il fumo dorato dei romanzi letti di nascosto la sera prima, indossare i grembiali dei giorni di fatica grossa, e schierarsi intorno all'esecrato tavolo di cucina. Era un'opera da carnefice: bisognava insanguinarsi le dita e le vesti, e fare smorfie di ripugnanza al contatto della carne cruda. I grandi coltelli affilati, e le mezzelune, e, se occorreva, persino le scuri simili a mannaie, funzionavano, nelle piccole mani bianche, con la forza crudele della rivolta che sobillava dentro le fanciulle: e gli occhi di queste avevano lo stesso lampeggiare dei feroci strumenti.

E taglia e taglia, e spacca e pesta, solo quando il rosso e bianco monticello della carne e del grasso triturati sorgeva sul margine della tavola, gli occhi ritornavano miti, il riso, lo scherzo, le beffe, fiorivano di nuovo in bocca alle ragazze: anzi, scaldate dalla fatica, esse raddoppiavano lo sforzo, per finire presto e bene l'opera.

E la servetta, che nel grande mortaio di marmo pestava il sale grezzo venuto dalle spiagge di Baronia, il sale per coprire il lardo, roteava i neri occhi d'antilope, dichiarando che se un uomo l'avesse a tradire, ella gli avrebbe pestato le ossa nello stesso modo.

Poi le ragazze aiutavano a colare lo strutto nelle vesciche che venivano appese in alto come lampade di alabastro: e ad insaccare la carne salata e pepata nelle lunghe budella che anch'esse, da viscide spoglie di biscia, si trasformavano in rosee collane di salsicce. I loro festoni venivano appesi alle travi di quercia della cucina, e per farle essiccare presto si accendeva il focolare centrale, con legno fresco di ginepro. Il fumo ne scaturiva denso, ma non acre, anzi con un odore d'incenso. E tutta la cucina, col suo grezzo soffitto, la mensola coi candelieri d'ottone, il luccicare dei rami, prendeva un aspetto festivo, un colore di tempio dell'abbondanza, di quell'abbondanza che nelle previdenti massaie sarde giustamente desta un senso di orgoglio. Alla sera, quando il fumo era fuggito nella fredda notte stellata, e nella cornice di pietra del focolare rimaneva solo il mucchio odoroso delle brage, qualcuna delle signorine non sdegna va di sedervisi accanto, sotto la lampada di ottone ad olio, riprendendo la lettura di un romanzo proibito.

E non facevano più le smorfiose, le signorine al completo, quando la domenica seguente, ritornando affamate dalla messa elegante del mezzogiorno, vedevano sulla tavola da pranzo il grande vassoio di stagno, forse un giorno dimenticato da Ulisse nel suo breve sbarco nell'Isola: poiché sul vassoio stava un bel cuscino caldo e dorato di polenta, e sul cuscino posava, tra foglie di alloro, come un diadema di gloria, un doppio cerchio di salsicce arrostite allo spiedo. Gloria e premio per l'opera coraggiosa delle brave ragazze.

Qualche anno fa abitavano ancora, in un convento posto sulla vetta d'una montagna sarda, alcuni frati, credo francescani. Ogni tre o quattro mesi, uno di loro scendeva la montagna, prendeva un cavallino nel villaggio sottostante — e per lo più questo cavallino veniva concesso gratuitamente da qualche ricco contadino del luogo — e visitava cinque o sei paesi, in cerca di elemosine.

Il più giovine dei frati, soprannominato padre Topes, per la sua figurina timida di topo, dal lungo musetto pallido ed i piccoli occhi lucenti, aveva appena ventidue o ventitré anni, sebbene ne mostrasse di più: pregava e taceva sempre; era in odore di santità, e si diceva fosse vergine. Egli era figlio d'un bandito morto assassinato molti anni prima: da fanciullo aveva fatto il mandriano, e sua madre, una fiera e miserissima vedova, avrebbe preferito ch'egli seguisse la via del padre, piuttosto che vederlo farsi frate.

Padre Topes, dunque, il cui vero nome era padre Zuànne, pregava, taceva, lavorava continuamente. La mattina per tempo egli mungeva le poche capre possedute dai frati, poi zappava nell'orto, cucinava, lavava le stoviglie, andava ad attingere acqua dal pozzo e dalle fontane. Nel pomeriggio stava lunghe ore alla finestra, gittando briciole di pane agli uccelli che volteggiavano intorno al suo corroso davanzale di pietra.

Una infinita solitudine avvolgeva il piccolo convento nerastro che cominciava a cadere in rovina: boschi millenarii di elci, roccie dai profili strani, che nei crepuscoli glauchi parevano enormi teste di sfingi; cespugli di agrifoglio e di felci di un verde giallognolo circondavano il convento e coprivano i fianchi della montagna piramidale. Dalla finestruola di padre Topes si godeva un immenso orizzonte, si vedevano montagne violacee sul cielo che cangiava colore ogni momento, e all'alba pareva soffuso come lamina d'oro arrossata dal riflesso d'un fuoco potente. Sentiva padre Topes la grandiosa bellezza, la solitudine divina del luogo? Sentiva le acute fragranze del musco e delle piante aromatiche, che salivano dai boschi al cader della sera, quando la luna nuova, rossa come una ferita sul cielo violetto sfumante in rosa, in lilla, in glauco, calava sulle montagne della natìa Barbagia; quando le roccie, al crepuscolo, biancheggiavano quasi di una luce propria, e tutto il bosco aveva fremiti, riflessi, mormorii arcani; e tutta la montagna pareva assorta in un sogno d'amore?

Chissà? Fatto sta che egli rimaneva ore ed ore alla finestra, anche dopo che gli uccelli s'erano ritirati nel bosco e nei nidi sulle roccie; e guardava "rapito in estasi" il magnifico orizzonte; e anche d'inverno, quando le nuvole e la nebbia stringevano la montagna, il piccolo frate usava affacciarsi alla finestra col musetto livido e screpolato dal freddo, e guardava in lontananza, gettando briciole ai corvi che venivano dalle nuvole e tornavano fra le nuvole.

— Grazie, grazie, grazie — pareva dicessero i corvi col loro grido rauco, salutando lo strano fraticello.

— Egli diventerà santo; santo come san Francesco, — diceva fra Chircu, il guardiano, il quale di notte piangeva e si martoriava perché di giorno non poteva fare a meno di ubriacarsi.

Una volta, però, padre Topes cadde in peccato mortale. Ed ecco come.

Un giorno, ai primi d'aprile, mentre il piccolo frate stava alla finestra contemplando il cielo azzurro tempestato di piccole nubi che parevano foglie di rose, fra Chircu lo chiamò e gli ordinò di partire l'indomani per la cerca.

Di solito, in quel tempo dell'anno, i sardi sono molto poveri, ma ai frati dànno sempre qualche cosa.

Frate Topes partì la mattina per tempo: il cielo era tutto argenteo, il bosco umido, le foglie secche e brune che coprivano il suolo brillavano di rugiada.

Un soave odore di violette e di narcisi avvolgeva il frate, che sorrideva beato. Ah come si sentiva felice di viaggiare! Avrebbe visitato tante belle chiese, avrebbe visto il vescovo di Nuoro solenne e bello come un santo apostolo.

Basta, arrivato in fondo alla montagna, davanti al villaggio nero e silenzioso come una cava di schisto, il frate si riposò sotto i bassi rami di un elce, vicino al quale gorgogliava una fontana. Poco distante c'era la prima casa del paese; ed una fanciulla alta e formosa, bruna ma con occhi turchini, uscì da questa casa, venne ad attingere acqua alla fontana, e salutò il fraticello sorridendogli graziosamente.

Egli la guardò e non si turbò affatto per la presenza di lei e per il suo bel sorriso; anzi le chiese a chi poteva rivolgersi per il cavallo. Ella nominò un ricco paesano. Egli trovò il cavallo, partì, girò per i villaggi, e visitò tante belle chiese, ed arrivò a Nuoro e vide il vescovo, alto, solenne e candido come un santo apostolo vivente.

Il tempo era stupendo; tiepido e molle: il sole già caldo ma velato da vapori lattei, inondava di voluttuosi tepori le verdi campagne, freschissime, fiorite di margherite e di ranuncoli, di puleggio e di genziane.

Il fratello viaggiava con piacere, salutando con gioia infantile tutte le persone che incontrava: qualche volta si tuffava fra le alte erbe tiepide, mentre il cavallo pascolava, e sentiva una dolcezza struggente, simile alle estasi che provava nel convento quando pregava sognando il paradiso.

Basta, una notte arrivò tardi in un villaggio. La notte era chiara, tiepida, dolce e fragrante come una notte di giugno. Frate Topes avrebbe voluto dormire all'aperto, ma aveva le bisacce già colme e temeva lo derubassero. I tempi erano tristi; nel mondo c'era molta gente buona, ma anche molta gente cattiva. Eppoi egli si sentiva stanco, assonnato, bisognoso di riposo e di sicurezza.

Batté alla prima porticina che vide. Gli fu subito aperto da una donna alta e bella, bruna con gli occhi azzurri, che rassomigliava alla fanciulla incontrata vicino alla fontana.

— Che volete? — chiese ella bruscamente, guardandolo meravigliata.

— Così e così, — egli disse ciò che desiderava.

La giovine donna esitò un momento, corrugando le foltissime soppracciglie nere; poi introdusse il frate ed il suo cavallo carico in un cortiletto attiguo alla casa.

— Io sono una donna sola, — disse, aiutando a scaricare le bisacce, e ridendo un po' beffarda, — ma spero che la gente non mormorerà, se vi faccio dormire qui. — No, di certo! — rispose frate Topes sorridendo. — Ad ogni modo me ne andrò prima dell'alba. Dormirò magari qui nel cortile.

— Dio ce ne scampi; no! Per il servo di Dio è sempre riserbato il miglior posto della casa. Ma come pesano queste bisacce! Avete fatto buona cerca?

— Sì; in tutti gli ovili mi han dato il cacio nuovo, che il Signore benedica le greggie. Ed anche l'olio mi hanno dato, le buone massaie, che sia benedetto il loro cuore!

— Amen! — disse la donna ridendo.

Aveva un contegno strano; e il suo sguardo lucente e il suo riso beffardo mettevano quasi paura. Sulle prime padre Topes la credette un po' matta. Ella fece entrare il frate in una bella camera azzurra e gli offrì dei dolci, vino e liquori.

— No, no.

Egli respingeva tutto; ma ella insisté con tanta grazia, carezzevole e insinuante, che egli mangiò un dolce e poi bevette un bicchiere di vino, soave e forte come il profumo delle macchie aromatiche che circondavano il convento; poi ne bevette un altro, poi un calice di un liquore rosso e ardente come il cielo al tramonto veduto dalla finestra della sua cella; poi un altro ancora. — E ditemi, dunque, di qual convento siete? Dove siete stato? — chiedeva la donna, ritta accanto a lui.

Ella era vestita con ricercatezza; aveva un corsetto che al riflesso del lume brillava di perline e di pagliette d'oro; aveva i neri capelli divisi sulla fronte e attorcigliati intorno alle orecchie, lucenti d'olio odoroso; ed infine esalava un profumo di violetta che stordiva il frate.

Egli sentiva una dolcezza mai provata, una felicità infinita. Abbandonato sulla sedia, accanto al letto, gli pareva che tutti i suoi nervi si fossero spezzati, e il suo corpo non potesse muoversi più; e provava un piacere indicibile per quella snervatezza, per quello sfacelo di tutte le sue facoltà fisiche. Intanto raccontava i suoi casi alla donna attenta.

— Ah, — disse ella stupita. — Voi siete il figlio di quel bandito? E perché vi siete fatto frate?

— Per espiare i peccati di mio padre! — egli rispose.

E subito sentì un grande dolore per questa confessione che non aveva mai fatto a nessuno; ma la donna lo stordì tosto con una sua risata beffarda.

— Perché ridi? — egli balbettò.

— Perché sei uno stupido! — ella disse, chinandosi sopra di lui, e accarezzandolo. — Sei un bambino innocente, tu; sei innocente o no?

— Sì, — egli disse, pallido e tremante, respingendola debolmente.

In quel momento s'udì battere alla porta, ma la donna finse di non sentire; e tornò a curvarsi, prese le braccia del frate, se le cinse al collo e baciò sulle labbra la povera creatura smarrita.

Egli chiuse gli occhi e due lagrime gli rigarono le guancie tremanti.

— Baciami, — diss'ella, con una specie di delirio. — via, non piangere, non aver paura. Il peccato non esiste.

Cosa è il peccato? Baciami.

Egli la baciò.

E rimase due notti e due giorni nella casa fatale. Spesso udiva battere alla porta, e tremava tutto, ma la donna rideva e lo rassicurava. — Quando non apro, vedono bene che c'è gente e vanno via! — gli diceva sfacciatamente.

La terza notte lo mandò via.

— Va, — gli disse, — ritornerai un'altra volta. Ora va.

Egli le lasciò tutto ciò che aveva nelle bisaccie.

A dire il vero ella sulle prime rifiutò; ma poi si lasciò facilmente convincere ed accettò ogni cosa.

Frate Topes arrivò al convento la sera dopo.

Quando fra Chircu lo vide si fece il segno della croce.

— In nome del Padre, del Figliuolo e dello Spirito Santo, che è avvenuto, padre Zuànne? Voi sembrate un vecchio di cento anni; pare siate entrato ed uscito dall'inferno.

— Ebbene, — disse il meschino, con voce spenta. — Mi hanno assalito i ladri; mi hanno derubato e bastonato!

Padre Chircu, mezzo ubriaco, cadde in ginocchio e cominciò ad urlare contro la malvagità del mondo; poi si sollevò aggrappandosi al muro e chiese: — E il cavallo? Anche quello?

— No, quello l'ho riportato sano e salvo al padrone.

— Ebbene, uomo di poca fede, voi dovevate rifare il giro. E lo rifarete: quando udranno che i ladroni hanno assalito in voi lo stesso Gesù Cristo in persona, raddoppieranno le offerte.

Padre Topes, già pallido come un cadavere, diventò livido e cominciò a tremare.

— Padre, — supplicò a mani giunte, — non mi mandate: no, non mi mandate. Mi assaliranno di nuovo. Ho paura. Abbiate pietà di me; mandate un altro.

— Un altro non lo crederebbero: direbbero che facciamo una speculazione. Andate, padre Zuànne; quando vedranno il vostro viso invecchiato ed i vostri occhi pieni di terrore, raddoppieranno le offerte.

Invano il piccolo frate pregò e supplicò. Padre Chircu sapeva bene il fatto suo, per non desistere dalla felice idea balenatagli in mente; però concesse a frate Topes una settimana di riposo.

Fu una settimana di martirio.

La primavera splendida della montagna avvolgeva di luce e di fragranze il vecchio convento verde d'umido e di musco. Le gazze fischiavano di gioia nel bosco odoroso di viole; ogni filo d'erba tremava e brillava alla brezza tiepida. Padre Topes delirava, col sangue arso da una invincibile ossessione di rimorso, di ricordo e di desiderio. E volevano ch'egli ripartisse! No, piuttosto morire; perché partire significava incamminarsi ineluttabilmente verso il peccato. Ed egli non voleva più peccare: egli ora voleva vivere cento anni e poi altri cento anni nel convento, in una grotta, in cima ad una rupe, come san Simone sulla colonna, per espiare i peccati suoi e quelli di suo padre. Dopo una settimana però, si sentì più calmo e partì. Un filo di speranza lo guidava: Dio misericordioso l'avrebbe aiutato.

Anche questa volta il cielo incurvavasi come una volta argentea al disopra dei rami contorti del bosco, ed un soave odore di violette e di mughetti profumava l'aria fresca dell'alba rugiadosa.

Ma padre Topes cominciò a turbarsi nel respirare la fragranza del bosco: ricordava il profumo di *quella donna*; e sentiva il suo cuore stringersi, stringersi, farsi piccino come una bacca d'agrifoglio. Una tristezza mortale lo avvolse.

Arrivato in fondo alla montagna, si fermò come l'altra volta, sotto il grande elce dai bassi rami, vicino alla fontana.

Il paesello taceva, lievemente colorato dal riflesso dell'aurora.

Come l'altra volta, la fanciulla alta e formosa, dagli occhi turchini e le labbra rosse, venne ad attingere acqua alla fontana….. Vedendo il fraticello gli sorrise graziosamente e gli disse con voce carezzevole, come parlando ad un bimbo: — Vi hanno dunque assalito, i ladroni? Ah, i cattivi ladroni! Essi andranno all'inferno…..

Il piccolo frate non rispose: ma la guardò come un pazzo. Ah, sì, Dio santo e terribile, ella rassomigliava a quell'altra, e nel guardarla, padre Topes provava una vertigine di desiderio che gli ottenebrava gli occhi. Egli era perduto; perduto per tutta l'eternità. Sentì che non avrebbe fatto un passo se non per avviarsi a *quel luogo*, e non si mosse. Appena la fanciulla se ne fu andata, alta e bella e con l'anfora sul capo come la Samaritana, padre Topes la seguì con lo sguardo ardente, poi si levò la corda grigia che gli cingeva i fianchi e la gittò ad un ramo. Salito sulla pietra che serviva da sedile, egli fece un nodo scorsoio alla corda, se lo passò al collo e si lanciò nel vuoto.

Il vecchio servo

— Basile, ti deruberanno.

— No, babbo Ara, non mi deruberanno; — babbo grande caro, mandatemi, — supplicava il piccolo Basilio, accarezzando il nonno.

— Va bene, ma non tirarmi la barba: tu sai che la barba si tira solo ai caproni. Io ti manderò, ma senti, Basilio, tu sai che mamma Ara è stretta (avara) come il pugno di un morto. Se ti derubano, mamma Ara mi sgriderà, ed io ti bastonerò come un cane.

— Non mi deruberanno, ecco, ve lo dico io, babbo grande, — ripeté Basilio, con una serietà che faceva ridere —

— Eh, non basta che lo dica tu! Vedremo.

Il ragazzetto si mise a saltare per la gioia, spronando e frustando un cavallo immaginario: poi si avvicinò ancora al nonno seduto all'ombra d'una quercia, e gli si appoggiò sulla spalla. Formavano un bellissimo gruppo: Basile, coi suoi occhi neri lucenti come more, i lunghi capelli rossicci e la giacca di pelle, pareva un piccolo S. Giovanni: il nonno, che ancora conservava la barba rossiccia, e aveva gli occhi neri lucenti, vestiva di pelo come un vecchio eremita.

E come in certe vignette bibliche, un lungo cane, sdraiato davanti alla capanna, vigilava il gregge pascolando; un corvo addomesticato correva di tanto in tanto a beccare le mosche che si posavano sul cane, una farfalla rossastra volava dalla capanna alla quercia. Il verde pino dormiva sotto il gran sole di maggio; dalle alte erbe sorgevano altissimi fiori gialli e violetti, che a Basilio, quando si sdraiava sull'erba, pareva toccassero il cielo: attraverso le quercie apparivano lontananze azzurre, campi indorati dall'orzo maturo, montagne rosseggianti per la fioritura del musco.

— Basile, — disse il nonno, — va e chiama Sidru. Di che devo parlargli.

Il ragazzetto s'allontanò saltellando. Il servo non tardò ad obbedire, ma s'avvicinò a passi lenti. Era anch'egli vecchio, vecchio quanto il padrone: sbarbato e senza denti, coi capelli bianchi divisi sulla fronte, pareva una donna vecchia travestita da uomo.

— Senti, — disse babbo Ara, — da domani manderemo l'*entrata* con Basile; è tempo che anche il pulcino si renda utile.

Il servo spalancò gli occhi, e la stizza gli accese il sangue. Ma era troppo vecchio per arrossire, e troppo furbo per tradirsi.

«Ecco» pensò «io non ho più denti, ma sono ancora un peccatore; ogni sera, allorché rientro in paese col prodotto del gregge, prima di giungere alla casa del mio padrone faccio tappa davanti alla casa della mia "amica" alla quale regalo un po' di latte e di formaggio. Poca roba, che a lei però, poveretta, sembra molta. Ogni anno, per Pasqua, io vado a confessarmi, e prometto di emendarmi, ma finora non ho potuto. Ecco che ora mi toccherà di emendarmi per forza.»

— Che dici, vecchia volpe? — gridò il padrone.

— Basile è troppo piccolo, lo deruberanno.

— Eh, non rompermi le gambe, ora! Ti dispiace perché non puoi far tappa dalla tua "amica"? — disse il vecchio Ara.

Ma il servo era abituato a sentirsi rinfacciare ogni momento il suo peccato, e rispose pazientemente: — Fa come vuoi, allora, padrone mio: io me ne lavo le mani. Ma se accade qualche disgrazia al fanciullo la responsabilità sarà tua.

E volse le spalle. Il corvo gli svolazzò attorno, gli si posò sul braccio e lo guardò fisso coi suoi occhi neri misteriosi.

«Sì, è finita» pensava il vecchio tristemente: ma il padrone lo richiamò:

— Senti, vecchia volpe; tu lo seguirai da lontano, almeno per qualche tempo.

— Ah, ed è così che si renderà utile il pulcino, come tu dici? Facendo trottare a piedi un povero vecchio?

— Tu sta zitto, asino! Se non ti garba cercati servizio altrove.

— Sì, bravo! Dove lo trovo il servizio, ora? Nell'ovile del diavolo?

— Sidru, rognoso, non rompermi le gambe!

— No, padrone; le gambe te le romperà la morte con la sua falce.

E dopo queste, padrone e servo si prodigarono molte altre insolenze; ma senza farne gran caso. Usavano quasi tutti i giorni discutere così.

Verso il tramonto Sidru sellò il piccolo cavallo, al quale un nemico del padrone aveva mozzato le orecchie, e alla sella legò la bisaccia di lana grigia, entro la quale stavan le forme di legno col cacio fresco coperto di foglie d'asfodelo, e la ricotta e il recipiente del latte.

Poi Sidru aiutò il piccolo padrone a montare sul cavallo, e lo seguì, in distanza, trascinando il suo bastone sull'erba. Il sole già senza raggi calava dietro le montagne rosse coperte di veli argentei; l'erba e gli alti fiori trasparenti si curvavano alquanto, come vinti dal sonno: nuvole di insetti ronzavano sulle siepi, amandosi liberamente.

Il vecchio servo camminava svelto e rapido come un cane; qualche volta però doveva correre per non perdere di vista Basile.

«Che siate maledetti» pensava «tutti maledetti! Dopo che vi ho servito per quarant'anni mi trattate così: cane e niente altro che cane. Ah, se non vi avessi voluto bene!»

Cammina e cammina, padroncino e servo arrivarono al paese: era già sera; la luna nuova illuminava con crepuscolo verdognolo le casette nere del villaggio.

Sidru lasciò che il fanciullo s'avviasse alla casa degli Ara, ed egli entrò dalla sua "amica".

Pareva un cane frustato, ma "l'amica", una donna anziana che aveva un figlio discolo, lo accolse benevolmente e lo confortò.

— Siamo amici da vent'anni, — ella disse, — e non è per un po' di latte e di cacio fresco che io ti voglio bene.

— Fra giorni ti porterò un agnello, — promise tuttavia il servo.

E i due vecchi amanti si lasciarono più amici di prima. Per rassicurare la vecchia padrona Sidru credé opportuno lasciarsi vedere. Non l'avesse mai fatto! Basile diventò livido e si mise a urlare come un piccolo dannato. — Tu mi vieni dietro, vecchia volpe? — gridò, ripetendo le ingiurie del nonno. — Perché? Sono forse una lepre che mi si debba inseguire? Ti caccio via io, capisci? Vattene via, vattene via, cércati altro servizio.

— Tu caccia via le pulci, piccola rana velenosa, — rispose tranquillamente il servo. — Padrona mia, datemi da cenare; me lo merito.

La vecchia paesana, alta e grassa, con un profilo da matrona romana, porse al vecchio il canestro del pane e gli fece cenno di tacere perché il "pulcino" non si arrabbiasse oltre.

E perché il "pulcino" non si arrabbiasse oltre, i padroni decisero che Sidru continuasse a vigilarlo, sì, ma non rientrasse a casa né si lasciasse in alcun modo scorgere da Basile.

Non tutti i giorni il fanciullo pretendeva di tornare in paese, e non sempre il nonno esaudiva il suo desiderio; ma quando ciò avveniva, il "pulcino" non dimenticava di voltarsi ogni tanto, e una sera scorse in lontananza il servo.

Cieco di collera, volse il cavallo, andò incontro a Sidru e quando gli fu vicino sollevò il piede per dargli un calcio sul viso.

Il vecchio fece appena a tempo a scansarsi: lagrime di rabbia e di dolore gl'inumidirono gli occhi.

— Perché, ma perché mi vieni appresso? — gridava il piccolo prepotente. — Ho bisogno di cani, io?

Sidru ebbe un'idea bizzarra: sollevò il bastone e mutando voce gridò: — Ohé, con chi parli, tu, moscherino? Chi sei tu? Io non ti conosco.

Basile, che non era intelligente quanto prepotente, restò alquanto perplesso: guardò il cappotto del servo, la sua berretta, il suo bastone. Poi disse: — Vecchio sdentato, e non sei il *mio* servo tu?

— Il tuo servo? Un corno! Perché ci rassomigliamo? Io non sono servo, sono padrone. Se non mi conosci, ti faccio sapere che mi chiamo Sebastiano Marou.

— Va là, va là, — disse Basile, tirando le briglie al cavallo che s'era messo a pascolare. — Tu sei Sidru; io non mi inganno. Vattene, e se è Babbo grande che ti manda, digli che non ho bisogno d'essere vigilato. Vattene o mi arrabbio davvero… — E non si mosse finché Sidru non finse di ritornare verso l'ovile.

Il giochetto continuò parecchi giorni; ma oramai il vecchio servo non ne poteva più.

«I miei padroni sono stati sempre matti» pensava.

«Matti e prepotenti; ma ora diventano insopportabili. Prima hanno rovinato la loro figliuola, allevandola come una figliuola di re e dandole tutti i vizi; perciò fece la fine che fece: sposò un'immondezza, un ubriacone, che la fece morir di dolore. Ora è la volta del "pulcino". Lasciatelo un po' crescere, dategliele tutte vinte, e vedrete dove andrà a finire. Misero me che sono capitato in questa famiglia. Il peggio è che mi ci sono come innestato, in questa famiglia» pensò poi sospirando.

«Sì, innestato; se andrò via, mi parrà d'essere come un ramo divelto dal tronco. San Basilio mio, aiutatemi voi.»

Egli sospirò ancora e scosse la testa: «Sì, io voglio bene ai miei padroni, e certo anche essi me ne vogliono, a modo loro: siamo davvero come rami di diverse piante innestati nello stesso tronco; ma i padroni sono la quercia, io sono l'oleandro che un soffio di vento può rompere e portare via».

Un giorno egli disse al padrone: — O mi dài un cavallo, se vuoi che continui a far da cane a tuo nipote, o ti giuro che mi sdraio sotto il primo albero che trovo.

— Sdràiati pure, — rispose il vecchio Ara.

—Vedrai, lo farò, — insisté il servo, il quale ripeté il suo proposito anche in casa della sua vecchia amica.

— Che San Basilio mi aiuti, vedrai, non voglio più fare lo scemo. Domani mi sdrajerò sotto un albero: e che il piccolo prepotente vada all'inferno!

Infatti l'indomani Sidru disse ancora al vecchio padrone: — Me lo dài o no questo cavallo? Io sono stanco non ne posso più delle vostre pazzie, Benedetto Ara!

— Se non ne puoi più, ebbene appiccati, — rispose rudemente il vecchio.

Al solito, verso il tramonto, Basile partì e il servo lo seguì. Era una giornata calda e nuvolosa. Al di sopra delle montagne di un azzurro fosco, il sole calava fra grandi e immobili nuvole rosse che parevano enormi rami di corallo. Il cielo era tutto nero e rosso; nel silenzio di quel tramonto pauroso i fiori già appassiti, le erbe impallidite dal caldo, si piegavano fino a terra; le pecore tosate si sbandavano stanche fra le macchie, il cane lottava e guaiva contro un nugolo di mosche, e il corvo saltellava e gracchiava melanconicamente.

Sidru partì, col suo fido bastone fra le mani; ma appena oltrepassò la *tanca* dei padroni si buttò a sedere sotto un albero e col bastone minacciò la macchietta lontana di Basile, che si dileguava nera sullo sfondo rosso della campagna.

— Cammina pure, — disse a voce alta, — va, va, va al diavolo. Non è certo Sidru Calìa che quest'oggi ti verrà dietro come un cane.

Stette circa mezz'ora seduto così sotto l'albero; il sole sparve, le nuvole rosse si spensero, si fecero nere, d'un nero terreno, simili a carboni spenti: una tristezza infinita gravò sulla pianura.

Il vecchio scuoteva la testa e minacciava col bastone: ad un tratto si alzò e si avviò. Non sapeva perché, ma un'inquietudine profonda lo agitava; gli era parso di udire il grido di una civetta; ricordava la morte della povera Annica, la madre di Basile e pensava: «L'ho veduta nascere e morire, povero fiorellino; e al suo bambino, al povero Basile, ho sempre voluto bene come ad una mia creatura. Perché oggi l'ho abbandonato? Dopo tutto, siamo giusti, gli Ara mi vogliono bene, e mi tengono al loro servizio benché io non sia più buono a far niente.»

Intanto affrettava il passo, ma per quanto camminasse rapidamente non sperava più di raggiungere il piccolo padrone.

La sera calava, triste e fosca; circa a metà strada, Sidru doveva attraversare un sentiero, incassato fra due muriccie coperte di siepi. Benché fosse quasi buio, passando lungo il sentiero il servo s'accorse che in una delle siepi era stato praticato un varco, e che alcune piante erano cadute dal muro; un uomo doveva essere stato in agguato dietro la siepe.

Il vecchio servo si mise a correre: un sudore ghiacciato gli inumidì la fronte. Attraversò il sentiero, attraversò un'altra *tanca* e un'altra *tanca* ancora. Già in lontananza, al chiarore della luna piena che appariva fra due nuvole, si scorgeva il campanile del villaggio.

Senza speranza di ottener risposta, ma spinto da un impulso misterioso, Sidru accostò le mani alla bocca e cominciò a chiamare: — Basile! Basile!

Una voce rispose.

Allora il vecchio riprese la corsa affannosa: dopo un momento, nel silenzio intenso che lo circondava, oltre il rumore dei suoi passi e il soffio ansante del suo respiro, egli udì un lamento forzato, come il pianto d'un bimbo che esagera il suo dolore. E subito vide Basile, o meglio Basile vide lui e gli corse incontro e gli si gettò addosso.

Sidru lo strinse al suo petto ansante, e gli domandò senz'altro: — Non ti hanno fatto del male, no? — Sì, – piagnucolò il fanciullo, — mi ha gettato per terra, là, nel sentiero: voleva battermi perché mi tenevo aggrappato alla sella...

—Signore Iddio, Signore Iddio, — cominciò a gemere il vecchio, — dimmi tutto, e intanto corriamo, non perdiamo tempo, andiamo dal brigadiere. Ma quanti erano? Non li hai riconosciuti?

— Uno era, — disse Basile, riprendendo coraggio, — aveva uno straccio sul viso: non ha parlato; mi ha spinto, poi è montato lui, sul mio cavallo, ed è scomparso, di là... da quella parte, verso l'altro paese.

— Ma tu non lo hai riconosciuto? Era bassotto, vero, con la barba nera?

— Ti giuro che non l'ho riconosciuto, — gridò Basile, arrabbiandosi. — Sì, era bassotto. Ora vado subito a denuziarlo, lo farò arrestare e condannare. Ma tu dov'eri? perché non m'hai difeso? E allora perché ti hanno mandato? Il vecchio non rispose.

— Corriamo, — insisté Basile, — lo faremo raggiungere. — Non dubitare, il *re* lo raggiungerà.

Basile continuò a parlare; la sua voce tremava, la sua mano stringeva la mano del vecchio: di tanto in tanto sussultava tutto e ricominciava a piangere come un bambino.

«Oh» pensava il vecchio «mi pare di sognare. Io, io ho potuto tradire così i miei padroni? Eppure sapevo.....»

Arrivarono finalmente: trovarono la nonna sulla porta, circondata da quasi tutte le vicine.

— Ah, che paura, — disse la vecchia padrona. — pochi minuti fa è arrivato il cavallo, solo, con la sella ma senza bisaccia. Che è avvenuto? Credevo che Basile fosse caduto da cavallo.

— Fatemi il piacere, andatevene, — disse Sidru alle vicine. — Non è accaduto nulla: ci è soltanto scappato il cavallo. Via, — aggiunse, fingendo di scacciare le donne col bastone.

— Ma la bisaccia? La bisaccia? — gridò la padrona — Non aver paura, Pasqua Ara. La bisaccia è in salvo, così sia salva l'anima mia.

Entrarono, chiusero la porta.

— Senti, — disse il servo alla padrona, — Basile è stato derubato; io non ho fatto in tempo a soccorrerlo, m'era venuto male e m'ero sdraiato sotto un albero. Si vede che il ladro ha poi lasciato libero il cavallo, il quale ha ritrovato da sé la via ed è arrivato prima di noi. Io ho un sospetto; se tu mi prometti di non chiacchierare, io forse scoprirò il ladro, e se lo scopro lo denunzio subito alla giustizia, sia pure il mio migliore amico. Te lo giuro sulla mia coscienza.

La vecchia promise di non chiacchierare con le vicine e il servo uscì e s'avviò verso la casa dell'amica. Ma invece di entrare s'appiattò dietro la muriccia del cortile e attese.

Il villaggio taceva, la notte era afosa; di tanto in tanto la luna appariva fra le nuvole e illuminava i tetti coperti di erba, le straducole polverose.

Verso le dieci un uomo con un sacco sulle spalle si fermò davanti alla porta dell'amica di Sidru. Il vecchio servo riconobbe il figlio dell'amica e si sentì battere il cuore. S'alzò e s'avvicinò anch'egli alla porta.

— Buona notte, *Testa di pietra*; donde vieni? Che contiene quel sacco?

— Erba, — rispose l'altro.

— Ah, erba? — riprese il vecchio con voce bassa ma un po' anelante. — Mi sembra troppo pesante, per essere erba. Fammi toccare. È duro: qui dentro c'è una bisaccia colma: la bisaccia che hai rubato al mio padrone. Senti, sei stato ben vile; lo hai derubato perché sapevi che era solo. Ma i carabinieri ti cercano.

Mentre egli parlava, *Testa di pietra* aveva deposto il sacco per terra: era un giovinotto basso, bruno, con una corta barba nera e il naso rincagnato: pareva un negro. Alle ultime parole del vecchio rinculò e senza aprir bocca si volse e scappò. I suoi passi risuonarono come quelli d'un cavallo in fuga.

Allora zio Sidru batté alla porta, e quando la sua amica aprì egli sollevò il sacco e lo mise dentro.

—Senti, — disse, — prima di conoscer te io avevo mangiato il pane ai miei padroni: per te, qualche volta li ho traditi, ma ora basta. Ho aperto gli occhi. Vado subito a denunziare tuo figlio.

Il fermaglio

Francesco lavorava sotto il portico quando Speranza, soprannominata *Disperazione*, giunse con una notizia interessante.

— Ho visto la tua innamorata.

Ma il giovanetto, quasi sepolto in un mucchio di saggina, continuò a cucire la scopa che teneva fra le mani, e non rispose neppure. Un silenzio intenso, il silenzio dei meriggi ardenti delle basse del Po, avvolgeva la casa dei ricchi Magrini, emergente da un campo di granone maturo. Delle venti persone che l'abitavano, restavano in casa, a quell'ora, la vecchia nonna paralitica, cieca e sorda, Francesco il famiglio, e Disperazione rientrata in quel momento da una delle sue solite scorribande.

Una fame feroce rendeva la bambina simile a un gatto affamato; senza quindi impressionarsi per il silenzio di Francesco ella si slanciò nella grande cucina deserta e cominciò a frugare.

— Niente; niente; si sa, non mi lasciano mai niente, quei brutti! — ella gridò; ma dovette poi trovare qualche cosa, perché dopo un momento Francesco non udì più il rumore dei cassetti aperti e dell'armadio sbattuto. Silenzio. Solo in lontananza, al di là della siepe che chiudeva lo sfondo luminoso del campo, una gallinella faraona sgranava il suo canto chiacchierino.

Francesco cuciva, cuciva intrecciando uno spago verde con uno spago rosso. Il colore terreo del suo viso e dei suoi capelli rugginosi si confondeva col colore delle saggine. Egli sognava, così, nel silenzio dell'ora: rivedeva una barca attraversare l'acqua lucente del fiume; e nella barca una donnina dai capelli neri, dal viso bianco e la bocca rossa, che andava via, lontano, lontano. Ella, però, doveva tornare. Ella, però, non era tornata più.....

Nella camera attigua risuonò una tosse rauca e stentata come quella d'un cagnolino raffreddato: era la vecchia nonna che si svegliava.

— Eh, Speranza?

Nessuna risposta.

— Speranza, ti vuole la nonna, — gridò Francesco. Nessuna risposta.

— Speranza? Disperazione? Ahi, ahi, ahi, *Dio te stramalediss…* Mi lasciate sola come un cane.

— Disperazione! — urlò Francesco. — Se non vieni fuori, vengo e ti tiro pei capelli.

Allora la faccina bruna, dagli occhi più grandi della bocca, apparve sull'uscio della cucina; tutta la fisionomia della bimba esprimeva una sazietà strana, una specie di nausea.

— Hai mangiato il burro, scommetto, — disse Francesco, minaccioso.

— Tu sei un servo, — lo insultò la ragazzina. — Sta zitto.

— E tu cosa sei? Raccolta per carità, sei. Prova un po' se sei buona! — gridò Francesco vedendo la piccina animarsi, selvaggia, pronta a gettarglisi addosso e graffiarlo. Anch'egli lasciò scivolare la scopa fra le gambe aperte, e si mise in posizione di difesa e, occorrendo, di offesa. Ma la lotta non ebbe luogo perché la nonna chiamò ancora, lamentandosi e maledicendo. Disperazione s'intenerì, scivolò lungo la parete, fra i mucchi di scope bionde che ingombravano il portico, ed entrò nella camera. Francesco riprese il suo lavoro, e siccome la bambina, un po' dispettosa, un po' carezzevole, parlava a voce alta, per farsi udire dalla vecchia, egli sentì il suo discorso.

— Sono stata sull'argine, per vedere i figli di Stefanini che si bagnavano. Uh come sono magri! Uno quasi è andato a fondo. Ecco che, poi, passa un carrettino. Sapete chi c'era nel carrettino?

— Che hai in mano, viscere belle? — interruppe la nona. — Che odore di tabacco!

— Sì, è tabacco; prendetene, — offrì la bimba con serietà.

— Chi te lo ha dato?

Disperazione, non sapendo forse o non volendo spiegare la provenienza del tabacco, riprese il racconto del carrettino.

— Andava pianino, pianino; c'era dentro una borsa, simile a quella del prevosto. Sfido, veniva da Milano.

— Come sai che veniva da Milano?

— Eh, c'era Eva, l'innamorata di Francesco, con un bel vestitino rosso e la catena col ventaglio rosso.... un ventaglio grande, grande, rosso come il fuoco… È grassa ora, Eva…..

Francesco non udì quello che disse la nonna; non udì più nulla. Una vampa rossa, come il riflesso del ventaglio descritto da Speranza, gli sfiorò il viso, gli bruciò gli occhi. La scopa con gli spaghi rossi e verdi scivolò di nuovo fra le gambe sottili del giovinetto, e per lunghi minuti egli non la riprese.

Eva era tornata! Era tornata su un carrettino, vestita di rosso, "con un ventaglio rosso, grande, grande, con la catena". Era partita in barca, con un vestitino giallognolo, scolorito, pallida, magrina, bianca bianca, — Francesco lo ricordava come fosse ieri, —e tornava vestita di rosso, col ventaglio, grassa, certo anche rossa in viso. Ah, svergognata! Perché tornava? Sì, egli lo sapeva. Ella ora viveva con un farmacista; s'era stancata di cucire trapunte dai Fratelli Bocconi e aveva cambiato il vestitino giallognolo col vestito rosso… Uno dei padroni di Francesco, che andava spesso a Milano, l'aveva vista anche a teatro, eppoi anche al gioco del pallone; una volta con un uomo, la seconda volta con un altro. Ella si divertiva, ingrassava, aveva dei ventagli con la catena…..

Quasi senza accorgersene, Francesco balzò in piedi, a pugni stretti: i suoi piccoli occhi verdi, incassati tra la fronte enorme e gli zigomi sporgenti, brillavano di lagrime e di collera. Ma subito egli parve ripiombare nella sua solita rassegnazione di malato. Sedette, sprofondandosi nuovamente fra le saggine rossastre, ma non poté riprendere il lavoro. Il suo cuore malato batteva, batteva, e ad ogni respiro egli sentiva una puntura: gli pareva che dentro il suo petto si fosse svegliato un serpentello che pungeva e mordeva il povero cuore vicino al quale stava annidato.

Speranza riapparve, con una scodella rossa appesa all'indice della mano destra nascosta dietro la schiena, e passò silenziosamente, con la sua andatura di gattino, avviandosi verso la cantina.

– Speranza, – chiamò Francesco. Ma la ragazzetta non rispose, ed egli giudicò prudente aspettare, per non irritarla.

Attese qualche minuto. Speranza riapparve, con la scodella piena di vino, e cercò di passare inosservata, volgendo le spalle a Francesco; egli si accorse benissimo della manovra, ma tacque ancora.

Di nuovo silenzio. Poi Francesco sentì che la vecchia nonna beveva il vino con un brontolìo di piacere, e Speranza frugava cautamente per la camera.

— Speranza? — chiamò.

Al solito, nessuna risposta. Egli aspettò ancora un pò, assalito improvvisamente da un tremito nervoso.

«Voglio... voglio sapere...» disse fra sé alzandosi. S'avvicinò all'uscio e vide Speranza arrampicata, quasi sospesa sulla spalliera di una seggiola, davanti ad una piccola acquasantiera. La nonna, col gran viso roseo venato di rosso e di violetto, sonnecchiava nel suo lettuccio un pò puzzolente: un disordine indescrivibile regnava nella camera; i cassetti del canterano erano tutti aperti.

Dall'uscio Francesco vide il suo viso riflesso nello specchio posto sopra il canterano, e provò una grande tristezza. Ah, com'egli era diventato brutto! Eva, vedendolo, non l'avrebbe riconosciuto neppure. Quasi senza accorgersene egli s'avanzò nella camera, e andò a guardarsi nello specchio, sporgendosi sul cassetto aperto.

Speranza tremò, spaventata, e volò giù dalla sedia: una farfalla non lo avrebbe fatto più lievemente e più silenziosamente. Ma subito, vedendo Francesco intento a guardarsi, si rassicurò e si mise dietro il giovine.

Lo specchio alquanto inclinato rifletteva le due figurine così diverse: Francesco magro, terreo, coi capelli di saggina rossa e gli occhietti di vetro verdolino, le guancie infossate e la bocca ancora piccola e infantile, illividita dal male: Disperazione, bruna, simile a un gattino dal musino bianco, coi grandi occhi languidi e i capelli rasi, neri e lucidi.

— Cosa fai? — ella disse, vedendo che l'altro s'indugiava, — perché piangi?

Francesco allora si accorse che piangeva, e scosse la testa: una lagrima gli sfiorò il mento contratto e andò a cadere su uno degli innumerevoli oggetti che ingombra vano il cassetto. Egli guardò, e vide la sua lagrima sopra un fermaglio d'oro, composto da un serpentello attortigliato, che mordeva un piccolo rubino, come il serpentello che egli aveva dentro il petto mordeva il suo cuore.

Otto giorni dopo. Stessa ora, stessa scena.

Lo stesso silenzio intorno alla casa, i cui abitatori, servi, padroni e padrone, — tranne Speranza, la vecchia cieca, e Francesco, — erano un po' sparsi, chi pei campi, chi per le case vicine, e chi in viaggio con mercanzie.

I Magrini erano assai benestanti, e lavoravano anche; due erano mercanti, uno viaggiava per negoziare grani, saggina, scope; ma tutti, uomini e donne, compresa nonna, tutti bevevano, rubavano in casa, si rovinavano allegramente e reciprocamente. Gente di buon cuore, ma violenti e incoscienti, i Magrini beneficavano tutti e litigavano con tutti. Tenevano in casa Disperazione, una povera orfana loro parente, ma le permettevano di menare una vita quasi selvaggia e la bastonavano regolarmente ogni volta che uno di loro se la trovava vicina.

Anche Francesco era un po' loro parente e lo tenevano più per carità che per altro, poiché il male cardiaco che lo minava, specialmente dopo l'abbandono di Eva, non gli permetteva di attendere a lavori faticosi. Oramai egli era debole come una donnicciuola; e come una donna non era buono che a cucire scope, ad attinger acqua ed a guardare la casa. Qualche volta egli accudiva ai lavori domestici, quando le donne, in assenza degli uomini, fuggivano qua e là a chiacchierare con le vicine.

La gallina faraona, — la stessa dell'altro giorno, — cantava dietro la siepe; Speranza frugava disperatamente per la casa, cercando da mangiare, e la nonna chiamava invano.

Francesco, più terreo e brutto che mai, cuciva incrociando gli spaghi rossi e verdi, ma ogni tanto s'incantava, ricordando e aspettando. Un cupo ardore gli brillava negli occhi. Egli aveva riveduto Eva, o meglio aveva veduto *una donna* che un tempo si chiamava Eva, quando era sottile e gentile e tutta bianca nel vestitino chiaro impallidito dall'uso. Ora tutto era mutato in lei: persino l'accento. Il suo sguardo e il sorriso *allora* tremuli e dolci come l'acqua del fiume increspata dal vento del mattino, ora destavano un sentimento strano nella persona a cui venivano rivolti. Francesco, ricevendo quello sguardo e quel sorriso, aveva sentito una fiamma corrergli nel sangue; gli occhi gli si erano velati; qualcuno lo aveva spinto furiosamente per le spalle, gettandolo vicino ad Eva, con le braccia aperte, tremanti dal desiderio di abbracciare, stringere, soffocare il bellissimo corpo di *quella donna* vestita di rosso. Ella lo aveva respinto, senza però offendersi, senza cessar di sorridere, senza chinare gli occhi luminosi.

Quella notte Francesco sognò di trovarsi in riva al Po: l'acqua era tutta d'un rosso violento, e grandi barche nere, cariche di legno tarlato, scendevano lentamente il fiume. Francesco aspettava, seduto entro una vecchia barca quasi incastrata nella sabbia. Quella barca apparteneva, od era appartenuta ad un vecchio *portiner*[1], che circa tre mesi prima era scomparso; nessuno l'aveva più veduto; non si sapeva se era morto o vivo, ed intanto nessuno, poiché egli non aveva parenti, osava toccare la barca che la sabbia lentamente inghiottiva. Su quella barca era partita Eva; e spesso Francesco andava a sedersi là dentro, sull'asse che corrodevasi, e stava ore ed ore a contemplare l'acqua corrente.

Nel suo sogno aspettava dunque, aspettava *quella donna* vestita di rosso, che gli aveva promesso di venire: il desiderio acuto di vederla, la paura ch'ella non venisse, e un'angoscia indefinita, misteriosa, gli faceva battere e dolorare il cuore.

Le barche nere scendono sempre, sull'acqua tutta sanguigna: un caldo intenso, afoso, mozza il respiro di Francesco. Ed ecco che il passaggio d'una persona agita i cespugli biancastri della riva; qualcuno corre fra i salici ed i pioppi nascenti, e il fruscìo delle foglie susurra come un soffio di vento nel silenzio afoso e luminoso. Chi è? È lei? Qualcuno appare…. ma non è lei; è Disperazione, scalza, con un enorme cappello di paglia dalle falde rovesciate: il suo viso, il collo e parte del petto sono nascosti; si scorgono solo le gambe rosse dal caldo, graffiate dai cespugli, e la vita stretta da una cintura elastica che Francesco ha già veduto ad Eva. Sulla cintura brilla il fermaglio d'oro, col rubino, sul quale è caduta la lagrima del giovinetto. Un'irritazione furiosa invade Francesco; che viene a fare la monella, laggiù? A spiare? Aspetta, però! Egli s'alza, balza sulla sabbia, corre dietro il cappellone: il cappellone fugge, sparisce e ricomparisce e pare che saltelli fra i cespugli. Francesco corre, ma ad un tratto i suoi piedi affondano nella sabbia ed egli non può più muoversi. La sabbia lo inghiotte lentamente, gli copre i piedi, le gambe, la vita, il petto… Allora egli, pazzo di terrore, grida, chiamando Disperazione.

Uno dei suoi padroni lo sentì gridare e lo chiamò. Egli si svegliò, e svegliandosi gli parve di vedere vicino a sé la ragazzetta col cappellone e col fermaglio; ma sotto le falde rovesciate c'era, invece della testa di Speranza, il viso, gli occhi provocanti, il sorriso voluttuoso di Eva.

---

1   *Portiner*: colui che tiene il porto, cioè fa passare i viandanti da una riva all'altra del fiume.

Il cuore gli batté tutta la notte, e fu durante quelle ore d'insonnia ch'egli immaginò di offrire un dono alla fanciulla, poiché ella aveva detto a parecchie ragazze, che il suo innamorato di Milano le aveva regalato tante cose belle.

— Io ti farò un regalo, — egli le disse appena la rivide, — ti darò una cosa più bella e più preziosa di tutte le cianfrusaglie che ti ha dato l'altro…. Un oggetto d'oro… Tu non credi! — egli esclamò vedendola sorridere. — Tu credi che io non possa avere un oggetto d'oro? È l'unica cosa che ho; era di mia madre.

Eva sorrise ancora: non gli chiese perché non gliene ava parlato prima, perché non glielo aveva regalato prima, quell'oggetto d'oro: a che avrebbe servito questa domanda?

Il passato era tanto lontano! Ella guardò Francesco, e vedendolo così giallo, così magro, col viso osseo che già gli sembrava il viso d'uno scheletro pensò:

«Fra poco egli morrà; è meglio che l'anello (ella s'immaginava fosse un anello) lo dia a me. Tanto, a chi lo lascia?»

E gli sorrise, ed egli, ancora, spinto da una forza irresistibile, aprì le braccia per stringere quella che non era più la sua piccola Eva timida; ma ella lo respinse, senza offendersi, senza cessare di sorridere.

— Regalami dunque quell'oggetto, — gli disse. — Dammelo prima che riparta. Poi….

— Dove? Qui?

— No: ti dirò io dove. Verrò dai Magrini, domani, e ti vedrò, ti dirò dove potremo vederci.

Ora egli aspettava, nel portico ingombro di saggina. Provava la stessa inquietudine soffocante che aveva provato in sogno, quando gli era parso di attendere Eva seduto sull'asse della barca abbandonata. Sarebbe venuta? Dove gli avrebbe detto di andare? Dove? Il posto del convegno lo preoccupava stranamente; egli cercava di pensare soltanto a ciò, forse anche per sfuggire al pensiero di ciò che doveva avvenire, perché questo pensiero gli straziava il cuore. Eppure, tutta la sua vita, ormai, tutto il pò di vita che gli restava, era concentrato nel desiderio angoscioso dell'attimo di piacere promesso dal sorriso di Eva. Egli non s'illudeva molto; sentiva, sapeva ch'ella non gli avrebbe promesso niente senza la speranza del regalo; ella si sarebbe venduta a lui, come a qualsiasi altro; ma appunto questa certezza lo faceva morire di dolore.

Quando però la vide arrivare, nel silenzio del meriggio, col viso ardente come una rosa rossa, Francesco ebbe quasi vergogna delle sue speranze. Non era possibile. Ella sembrava una signora, con l'ombrellino rosso, con la collana di perle gialle e le sottane guarnite di merletto.

Egli lasciò cadere la scopa, vergognandosi che Eva lo avesse trovato a cucire l'umile arnese, e si alzò piano piano.

Ella si fermò sulla porta, sbatté uno dopo l'altro i piedi per tog(l)ier la polvere dalle scarpette gialle, poi chiuse l'ombrellino.

— Non c'è nessuno, qui?

Francesco, pallidissimo, ebbe paura che ella gli dicesse a voce alta in qual posto dovevano vedersi, e accennò alla camera della vecchia, dove Speranza era poco prima entrata con la scodella piena di vino.

— Vieni stasera, verso le nove, sull'argine, sopra la *fuga,* — disse Eva a bassa voce: poi entrò nella camera chiacchierò con la vecchia nonna, che profittò della visita per pregare "viscere belle" di portare altre due scodelle di vino.

La fanciulla e la vecchia rimasero sole nella camera; Francesco, appoggiato alla porta, sentiva il suo cuore battere dolorosamente.

La notte calava, scura e dolce come un velluto. L'acqua spegnevasi, diventava incolore sotto il cielo incolore. Dai boschi cedui, dalle macchie della riva, aggrovigliate, simili a nuvole ferme sull'ultima linea ancora argentea dell'orizzonte, saliva un profumo caldo e snervante. Tintinnii di sonagli sull'argine, e il fragore lontano d'un molino interrompevano il silenzio profondo della riva.

Disperazione attraversò l'argine, scivolò per la china fresca d'erba umida e andò a ficcarsi in una macchia di salici; là, curva, piegata in due, cominciò a frugare e a scavare tra la sabbia, seppellendovi accuratamente cinque uova più grosse del suo pugno. Ella contava di riprenderle il venerdì seguente e portarle alla fiera di Viadana. Cinque e tre che ce n'erano già, facevano otto; otto uova, sei palanche: sei palanche rappresentavano prima di tutto un africano, da leccarsi prima e poi da mangiasi a pezzettini, a pezzettini piccolini come l'unghia del mignolo, oppure tutto in un boccone; poi due soldi di tabacco da naso, e due soldi di riserva. Disperazione faceva sempre un grande uso di tabacco: il perché di questa passione nessuno avrebbe saputo spiegarlo, tanto più che il piacere non consisteva, per lei, nell'odore del tabacco, ma nello starnuto. Quando starnutiva, ciò che oramai, per il troppo uso del tabacco, le avveniva di rado, ella provava una gioia profonda: le pareva di fare un'azione meravigliosa, e saltava, s'inchinava, si contorceva, superba e felice.

Seppellite le cinque uova accanto alle altre tre, ella si sollevò e stette un momento in ascolto: le era parso di udire i sonagli del carrettino dello zio, — sonagli di cui ella riconosceva lo speciale tintinnìo, — e pensava, senza troppo spavento, alle busse inevitabili che avrebbe prese nel rientrare a casa. Ma non importava: la bastonassero pure, la costringessero pure a pascolar le vacche nei giorni di festa, quando tutte le altre bambine andavano a spasso; ella si consolava con le sue otto uova, coi soldi presi dall'acquasantiera, ove la zia Marietta nascondeva i suoi risparmi, col suo tabacco e con la speranza di diventar grande.

«Allora avrò i capelli lunghi, le mani grandi, le braccia lunghe così, così, così…» le allargava il più che poteva. «Allora anche io…. schiaffi di qua e di là, quanti ne vogliono. Eppoi farò io la polenta, farò io le tagliatelle e… mangerò tutto io. Eppoi me ne andrò anch'io a Milano, come l'Eva, e comprerò tanto tabacco, e ventagli e altro.»

Questi sogni la esaltavano, specialmente dopo il ritorno d'Eva con le sue catenelle, i ventagli, le scarpette.

I sonagli tacquero: per un momento risuonò solo lo scroscio del molino, e Speranza tirò fuori l'involtino del tabacco…. Ma mentre lo spiegava cautamente, aprendo già le narici, udì le voci di Francesco e di Eva, e intravide i due giovani che passavano dietro le macchie.

Dove andavano, assieme, a quell'ora? Eva parlava piano, ma con indifferenza: — Domani mattina parto: vado fino a Casalmaggiore sul carrettino di Anacreonte Taverna… Ti manderò…

— Verrò a Milano, anch'io.... Verrò a trovarti, tesoro... — diceva Francesco. Anch'egli parlava piano, ma la sua voce non era la sua voce solita: Speranza non avrebbe saputo dire perché, ma sentiva che quella voce non era la solita voce del giovinetto.

E poi perché egli chiamava Eva "tesoro"? Chissà, se come la nonna chiamava lei "viscere belle" quando voleva una scodella piena di vino.

– ... ti manderò una cartolina illustrata, caro, — Eva proseguiva.

Una cartolina illustrata? Benissimo. Eva non aveva finito di dirlo, che Speranza pensava al modo di poter *prendere* la cartolina dalla tasca della giacca di Francesco.... Piacevano tanto, a Speranza, le cartoline dove c'erano i gattini che leccavano i piatti, o una casetta fra due alberi, o una donna tutta ricciuta, con una collana intorno al collo nudo, o un bambino che faceva... basta, non si può dire cosa faceva.

Ma dove andavano quei due, così, al buio? Immobile, nascosta dalle fronde del salice nano, Speranza attese che Francesco ed Eva fossero lontani; — e quando il passo cauto e le voci sommesse dei due giovani tacquero, e le loro figure svanirono nello sfondo incolore della riva deserta, tra le nuvole delle macchie, ella aprì l'involtino e vi immerse il pollice e l'indice della mano destra.

Quella notte Francesco rientrò a casa che pareva un cadavere: non mangiò e non poté coricarsi, perché la palpitazione del cuore lo soffocava. Tutto il resto della notte stette raggomitolato, ansante, gemente.

— Io muoio.... io muoio... — diceva ogni tanto a sé stesso.

— E muori una buona volta! — gridò il padrone giovane, il mercante, che i gemiti di Francesco ogni tanto svegliavano.

Qualche giorno dopo si scoperse che il fermaglio d'oro era scomparso dal cassettone della nonna. Fu un subbuglio infernale; i Magrini si accusarono a vicenda d'aver rubato il gioiello, s'insultarono, si accapigliarono. Disperazione ricevette busse da tutte le parti e in tutte le parti; per otto giorni, spaurita, affamata, quasi ferita dalle bastonate dei suoi cari parenti, vagò pei campi, pei boschetti della riva, pei viottoli, rubacchiando quel che poteva per sfamarsi. Rientrava a casa di nascosto, quando credeva di non trovar nessuno, e in quelle ore di silenzio ella rivedeva solo qualcuna delle zie, — che si servivano di lei per vendere il frumento, la farina, i legumi rubati in casa, — o la nonna che tossiva come un cagnolino rauco, o Francesco che pareva agonizzante.

Che brutta faccia aveva Francesco, dopo la seconda partenza di Eva! Di giorno in giorno egli si sentiva più male: gli pareva che dentro il suo petto il serpentello ingrossasse, non più pungendogli ma rosicchiandogli il cuore; divorandoglielo a pezzettini a pezzettini, intorno intorno, lentamente ma incessantemente, come Speranza usava fare con gli africani comprati a Viadana.

Un giorno gli sembrò che tutto il suo cuore fosse oramai scomparso; al suo posto stava il serpente aggrovigliato, grosso, enorme, che invece di pungere, ora scuoteva la coda frustando le viscere strette intorno al suo volume viscido e duro.

Egli soffocava: non poteva più aprir bocca. L'aria intorno a lui s'era come pietrificata, e gli turava la bocca, gli premeva sulle labbra con una lastra di granito. Tutto, dentro, fuori, intorno a lui, tutto assumeva una parvenza, una pesantezza d'incubo; i padroni che litigavano, e non si occupavano più di lui come fosse già morto; la nonna che tossiva e chiamava Speranza; Speranza che andava e veniva, cauta e selvaggia, che lo guardava alla sfuggita, come si guarda una bestia malata, e non gli si avvicinava mai, paurosa, cattiva, egoista; gli altri servi che gli lasciavano crudelmente capire il suo stato disperato; tutto, anche l'assistenza svogliata della padrona più giovane, la moglie del mercante, tutto gli pesava, lo opprimeva, lo soffocava. Quasi sempre, nel sonno affannoso, egli sogna -va di trovarsi davanti a un muro altissimo che minacciava rovina: voltarsi indietro non poteva, perché un fantasma terribile lo seguiva; e il muro, alto, grigio, screpolato, gli incombeva sul capo. Il fantasma era *lei*, col ventaglio rosso, con la collana d'ambra e le scarpette gialle.

Disperazione attese invano l'arrivo delle cartoline illustrate, indirizzate a Francesco. Ne giunsero allo zio Ottavio, il mercante, con soldati che facevano le boccacce, e con donne molto belle e quasi nude; ne giunse una allo zio Sandrin con un pretone che beveva da un fiasco, e un'altra, molto divertente, con un asino vestito da uomo; poi anche due alla zia, una che a tirare un filo diventava un palloncino, l'altra con una rosa adorna di un nastro azzurro (anzi la zia staccò il francobollo, e lesse ciò che v'era scritto sotto), ma a Francesco niente. Come era brutto Francesco! Sempre più brutto. Disperazione lo guardava e aveva paura: sopratutto paura di quei piccoli occhi verdi, ferocemente disperati. Una volta ella lo udì raccontare a un altro famiglio, d'una promessa e d'una minaccia che egli ed Eva s'erano scambiati ai bei tempi del loro amore.

—… se moriva prima di lei, il suo spirito sarebbe venuto a trovarmi; se morivo prima io il mio spirito sarebbe andato a trovarla; se poi io la tradivo, o lei mi tradiva, il primo che moriva si vendicava, dopo morto. Dunque andrò io a trovarla e, se vorrò, potrò vendicarmi; ma dove la troverò, chissà?

— A Milano, — disse l'altro con ironia. — Ma giacché sarai in giro passerai anche da queste parti, eh?

— Può darsi! — rispose Francesco. Sollevando gli occhi vide Speranza che lo guardava spaurita; anch'egli la guardò e disse: — Sì, passerò di qui, e se Disperazione farà la cattiva la porterò via.…

Circa sei mesi dopo giunse da Milano una lettera di Ottavio Magrini, diretta alla moglie ed ai fratelli, ov'egli raccontava di aver riveduto ancora, in un caffé-concerto, l'Eva accompagnata da un signore.

«Io sedevo davanti ad un tavolino vicino alla porta; ella venne dopo di me, ed io la vidi levarsi la mantella, e subito mi accorsi, sbalordito, che aveva il fermaglio (quello col rubino), che l'anno scorso mancò dal cassetto della nonna. Mi ricordai allora di aver sentito dire dalla nonna come in quei giorni l'Eva, che era venuta per qualche giorno in paese, fosse stata a casa nostra. Dalla rabbia che mi venne, al pensare che fosse stata lei a rubare il fermaglio ed a causare tutti i litigi avvenuti fra noi dopo quel fatto, dalla rabbia, dico, non ci vidi più. Mi alzai e mi misi a sedere vicino vicino all'Eva ed al suo compagno, un signore grasso, tutto pelato, con gli occhi sulle tempia. Appena mi vide, Eva diventò prima rossa, poi pallida, e finse di non scorgermi; poi, accorgendosi forse che io stavo lì lì per aprir bocca e fare uno scandalo, si curvò verso il compagno e gli disse qualche cosa.

«Entrambi si alzarono e se ne andarono; ed io dietro di loro. Giunti nella strada io mi avvicino all'Eva e le dico: — Scusate, non mi riconoscete più? Permettete una parola.

Eva finge di vedermi soltanto allora.

— Oh, Magrini, come state? Siete qui a Milano?

— Certamente, — rispondo io, — se sono qui! Permette una parola. Eva guarda l'amico, l'amico converge gli occhi, ritirandoli verso il naso il più che può, e poi si allontana di qualche passo.

«Allora io dico all'Eva: — Senti, cara, chi ti ha dato il fermaglio che tieni sul petto?

— Chi me lo ha dato? Oh, bella, l'ho comprato!

— Senti, cara, smettiamola, — dico io, — quel fermaglio è mio; tu l'hai preso da casa mia.

«Allora lei mi fa una scena…. ma una scena! Comincia a dirmi che mi darà querela per calunnia, ecc., ecc.

— Senti, cara, — dico io allora, — non arrabbiarti così. Poiché non vuoi che ci aggiustiamo alla meglio, ti darò querela anch'io, e vedremo…

«Eva diventa una furia; chiama il signore che l'accompagna, e costui si avanza, pianino, pianino, con prudenza, anzi, m'è parso, con un certo timore: ella comincia raccontargli la storia, e finisce col dire: — Voi ricordate che vi ho sempre detto come questo fermaglio mi venne regalato dal mio fidanzato, da Francesco Peretti, che ora è morto, poveretto…. Voi mi sarete testimone.

«Io domando: — Quando te lo regalò?

— Eh, quando eravamo fidanzati….

— Ah, benissimo! Ma se il fermaglio è mancato di casa mia sei mesi fa… quando cioè tu non eri e non *potevi* più essere fidanzata col povero Francesco? Del resto egli era incapace di una bassa azione, ed ora tu lo calunni perché è morto?

«Eva continuò a strillare; si avvicinò molta gente, e due guardie pregarono me e l'Eva di recarci in questura per definire la nostra questione.»

Qui Ottavio Magrini descriveva la scena avvenuta in questura, e concludeva col dire che aveva querelato l'Eva per furto qualificato, per ingiurie, ecc. Ora non restava che cercar le prove della visita della ragazza alla vecchia Magrini, e del come Francesco, del resto superiore ad ogni sospetto, non facesse più l'amore con l'Eva da circa un anno.

Le prove furono trovate, ed Eva fu condannata. Una sola personcina avrebbe potuto salvarla: Disperazione; ma Disperazione era troppo occupata nei suoi giri e nei suoi piccoli affari, per potersi ingerire degli affari di famiglia. Soltanto rispose *sì* alle domande che gli zii le rivolsero. Eva era stata a visitare la nonna? Sì. S'era Eva avvicinata allo specchio? Sì? Aveva guardato dentro il cassetto? Sì.

Dell'avventura notturna non disse parola; le pareva che gli zii avrebbero capito ciò che ella era andata a fare, quella notte, fra i cespugli della riva.

D'altronde ella non capiva bene di che si trattasse: credeva che Eva avesse realmente rubato il fermaglio, come tutti affermavano. Inoltre non osava mai nominare Francesco, perché aveva paura del suo spirito.

Solo più tardi ella capì ogni cosa, e sentì la responsabilità del suo incosciente procedere. Ma era tardi; Eva aveva già scontato la condanna e Speranza giudicò inutile parlare.

Ella aveva allora sedici anni e faceva l'amore con un bel *moliner* biondo, roseo, incipriato di farina, col quale aveva voluto scambiare anche lei la promessa dell'apparizione degli spiriti. Avrebbe voluto anche scambiare la minaccia della vendetta postuma, in caso di tradimento; ma ricordava il fatto di Eva e di Francesco e aveva paura. Le pareva che la condanna di Eva fosse stata la vendetta di Francesco: e con ciò scacciava anche i suoi tardivi scrupoli di coscienza.

Colpi di scure

Il vento scuote i fucili e le *leppas* del vecchio pastore pendenti da un enorme elce di Monte Albu:
par d'essere sotto le sacre quercie dei Druidi, ornate d'armi fatidiche, nelle foreste della Gallia
primitiva. Ed anche il vecchio, seduto sulle radici dell'elce e intento a incidere uno strano disegno su
una tabacchiera di corno, ha un'aria sacerdotale: ha gli occhi obliqui sotto l'ampia fronte solcata da
rughe scure, un gran naso aquilino e la barba grigio-rossastra, le cui punte formano due grossi riccioli
e gli arrivano fino alla cintura.

Le greggie meriggiano all'ombra delle roccie, sulle quali sorgono elci selvaggi che fremono al
vento. In fondo al bosco s'odono ininterrotti colpi di scure, ripetuti dall'eco, e pare che tutta la foresta
ne tremi.

Squadre di carbonari e di scorzini abbattono le piante millenarie, e di giorno in giorno si avvicinano
al cuore della foresta, all'elce enorme sotto il quale il pastore ha stabilito il suo domicilio e appese le
sue armi. E la pianta selvaggia e forte come un leone, che ha ingoiato i fulmini e protetto i banditi
contro l'ira dell'uragano, e il vecchio pastore al quale gli anni non hanno potuto strappare i denti da
lupo e i peli rossicci, aspettano i nuovi devastatori, la cui scure è più potente della folgore e del tempo:
li aspettano con la stoica impassibilità con cui aspettano la morte. Di giorno in giorno, d'ora in ora, i
colpi di scure risuonano più vicini e più forti, mentre tutta la foresta si copre di fiori dorati e il vento di
giugno si fa più caldo e odoroso. Mai la foresta fu più bella e florida: forse sente giunta la sua ultima
primavera e vuole inebbriarsi dei suoi tepori e delle sue fragranze, per dimenticare che la morte si
avanza.

Sembra che i giovani elci sorgenti sulle roccie si siano arrampicati lassù per sfuggire all'imminente
rovina, e quando il vento passa tremano d'angoscia, e quando la sera glauca discende, e la luna cade
come una perla sul velluto purpureo dell'orizzonte, le giovani piante sbattono le foglie secche e pare
che piangano.

Zio Cosma incide sulla tabacchiera due fatti eroici della sua gioventù: due fatti per lui egualmente
epici, e il cui ricordo ha riempito tutta la sua vita ed ancora lo anima come l'eco d'una marcia
guerriera. Da una parte della tabacchiera si distingue un uomo che lotta con un suo simile e lo atterra:
dall'altra un uomo che affronta e pugnala un feroce cinghiale. Per zio Cosma i due fatti, dei quali egli
fu l'eroe, hanno eguale valore: e l'antico elce guarda il lavoro del vecchio artista con la stessa
solennità con la quale assiste alla realtà dei fatti immortalati sulla tabacchiera di corno.

Ma qualcuno viene ad interrompere la tragica solitudine del vecchio pastore. Un giovane carbonaio
svizzero alto e svelto, col viso sorridente come quello di un bimbo tintosi per ischerzo, si avanza
fischiando un'aria della *Traviata*, e da lontano mostra al vecchio pastore una bottiglia nera.

Zio Cosma solleva il volto, guarda il giovine con disprezzo e col dito sollevato risponde: — No!

Ma il giovine s'avanza egualmente.

— Ho detto di nooo! — grida il vecchio. — Latte da me non ne prendi, come è vero San
Francesco! Beviti un po' di polvere da sparo sciolta nel petrolio, se hai sete. E va al diavolo, tu e chi ti
ha trasportato qui.

Il giovane non capisce niente del dialetto rude di zio Cosma; sorride e, sempre mostrando la bottiglia, si mette a sedere presso il vecchio.

— Latte? — chiede con voce un po' gutturale.

— Un colpo di fucile, se lo vuoi? Chi sei tu, immon-dezza?... Sei un uomo tu? — chiede zio Cosma con sovrano disprezzo. — Tu hai gli occhi azzurri, i piedi e le mani che sembrano culle: sì, in verità santa, le culle di sughero, appese con corde di pelo alle travi delle case di Onanì, sono più piccole delle tue mani. Sì, guarda pure questa tabacchiera: è di corno, sì, di corno. Tu sai cosa sia il corno, le corna? Hai moglie?

— Cosa?

— Come ti chiami?

— Cosa?

— Non capisci niente! — grida zio Cosma, ridendo. — E questi sono uomini? *Avete voi mogliera?*

— No, — risponde il giovine e sorride con gli occhi chiari scintillanti. — E voi avete figliuole?

— Sì, ma non fanno per te: soltanto, se tu vuoi, possono filare una corda per appiccarti.

— Cosa? Babbo Cosma, io conosco le vostre figliuole.

Le ho viste a ballare, domenica, nella piazza della chiesa. Questa volta tocca al vecchio gridare: — Cosa? Cosa? Cosa conosci tu, pidocchioso, occhi di gatto, forestiero cornuto? Se osi chiamarmi ancora babbo Cosma ti bastono, come è vero San Francesco.

Il giovane continua a sorridere, battendo le unghie sulla bottiglia. In fondo alla foresta s'ode il vento fremere con tristezza: i colpi delle scuri arrivano distinti.

— Ah — dice zio Cosma, — vi avvicinate, vi avvicinate, figli del diavolo!

— Ebbene, — grida, rivolto al giovane, — taglierete tutto?

— Cosa?

— Così! — fa atto di tagliare. — Tutto?

— Tutto.

— Questo anche? — chiede il vecchio, toccando il tronco dell'elce.

— Sì.

— Vattene! — urla allora zio Cosma, — vattene via subito, anima pidocchiosa. Vattene o ti ammazzo, ti schiaccio come una lucertola.

— Cosa? — Il giovine non sorride più, e balza in piedi impensierito dal grido selvaggio del vecchio.

— Tu hai paura di me? — continua a urlare zio Cosma. — Tu hai paura dei miei occhi? Giovine di ferula, statuetta intagliata nella foglia del fico d'India! E sei tu che vieni a snidare il vecchio avvoltoio? Ma io ti caverò gli occhi. Vattene! — riprende. — Non ti muovi? Senti, vedi questa immagine, sulla tabacchiera?

— Cosa?

— Ora ti dò io la cosa.

Zio Cosma si alza e si avvicina al giovine, mettendogli sotto gli occhi la tabacchiera.

— Vedi: — dice — *questo è un uomo che io ho ammacciato. Capisci?*

— Sì, — accenna il giovine, fissando sulla tabacchiera i dolci occhi un po' spauriti.

— Ebbene, *come ho ammacciato questo cristiano, così ammaccierò te e i tuoi compagni quando verrete a tagliare qui. Avete compriso? E dillo a loro.* E vattene via subito, ora, altrimenti guai!

Il giovine ha perfettamente capito e va via, a capo chino, sorridendo fra sé. Egli pensa alle graziose figliuole del vecchio, una delle quali, bianca e sottile come un giglio, gli ha sorriso coi grandi occhi neri tentatori.

— Io la sposerei — pensa — ma il vecchio è un lupo. Però è simpatico. Chissà!

— Babbo Cosma, — grida, voltandosi, — tanti saluti a vostra figlia.

— Aspetta, capretto cornuto, aspetta! — Il vecchio fa un salto felino, stacca un fucile dall'elce, mentre il giovine scappa ridendo infantilmente.

— Non ne vale la pena! — dice zio Cosma, crollando la testa con disprezzo. — Quelli non sono uomini. Ora avranno paura di avvicinarsi.

E si rimette a intagliare la tabacchiera. I colpi delle scuri, replicati dall'eco, par che ripetano: — Veniamo, veniamo.

La tartaruga

Anelante la donna tornò nella sua tana che era una di quelle tettoie sulle terrazze, a riparo dei cassoni per il deposito dell'acqua. I cassoni erano stati ingranditi e portati più in là sotto una tettoia più grande, ed ella ottenuto quel riparo dal padrone dello stabile, della cui famiglia da molti anni era donna di fatica: tutto è buono per i proprietarî di case e tutto è buono per i disgraziati senza alloggio.

Ella possedeva una chiave della terrazza, dove a turno le serve degli inquilini stendevano i panni ad asciugare. Anche quella notte dalle corde e dai fili di ferro pendevano i panni bianchi e di colore e file di calze lunghe e corte. La luna a piombo dal cielo bianco di luglio dava forme e trasparenze spettrali a quei corpi vuoti e alle loro ombre sul pavimento bianco della terrazza: e la donna provava, nel passare in mezzo ai panni per arrivare al suo rifugio, l'impressione di essere toccata da fantasmi.

Arrivata là dentro si gettò sul suo giaciglio corto che non permetteva alla sua lunga persona di stendersi bene: col piede spinse la porticina, ma con lo stesso piede la riaprì. Soffocava; le pareva di essere un topo agitato dentro la trappola: ma non voleva muoversi, non dar segno neppure all'aria di questa sua agitazione interna. I piedi però le pulsavano tanto che le pareva di sentirli parlare; si cacciò via le scarpe e si allungò in modo da metterli sulla striscia di luna che imbiancava la soglia: e a poco a poco il bagno della notte glieli rinfrescò. A poco a poco il sangue le si chetò nelle vene e il pensiero smarrito tornò nel suo cervello come lei era tornata nella sua buca: allora l'istinto della salvezza più che il rimorso o il pentimento, la costrinse a ricostrurre la scena del suo delitto.

Si rivide nell'appartamento al secondo piano, abitato da un vecchio signore al quale, dopo sbrigate le grossolane faccende nella casa del padrone, ella ripuliva le camere. Il vecchio aveva piena fiducia in lei, tanto che le lasciava le chiavi mentre egli era fuori per la colazione. Ed ecco ch'ella, con la pesante sveltezza dei suoi cinquant'anni robusti, riordina la camera di lui: una camera vasta con due finestre, coi mobili di mogano e il letto grande con le lenzuola di lino dolci a toccarsi più che la seta. Fa caldo, e lei pensa con terrore al suo buco su nella fornace della terrazza: fa caldo, tutte le cose puzzano, e anche lei sente un cattivo fermento di perversione ribollirle nel sangue, quel fermento di dolore antico che ricorda all'uomo, quando la natura lo opprime, la maledizione della sua carne.

La donna lavora e si domanda perché il vecchio scapolo egoista e sporcaccione, che non ha mai fatto nulla in vita sua, deve dormire in quel letto, fra due finestre aperte sul giardino verde, e lavarsi con l'acqua profumata, e andarsene a mangiare nelle trattorie fresche dove le mense sembrano coperte di neve e di oggetti di ghiaccio iridescente, mentre lei ha le ossa ingrossate dalla fatica e mangia gli avanzi altrui e non ha mai pace né gioia e nessuno le vuole bene.

Qui, nel ripulire lo specchio dell'armadio, vede la sua grande figura di Giunone pezzente, e sente in sua coscienza di esagerare. C'è qualche gioia per lei, quella fra le altre di andare all'osteria, dove tutti, specialmente verso sera, si vogliono bene; e c'è la soddisfazione della sua libertà, in quelle ore, il riversarsi della sua fatica nelle chiacchiere e nel bicchiere di vino. E c'è, a sera, una creatura di Dio che l'aspetta negli angoli umidi della terrazza, e quando ella torna stanca e si butta sul suo giaciglio le gira attorno per sentirne l'odore di fatica e di ubbriachezza serena; e le slaccia le scarpe come una piccola serva fedele; poi si ritira nel suo angolo umido e il suono di un bacio continuo, fra lei e la terra, addormenta la donna ricordandole i campi donde è venuta e l'infanzia e le fresche origini della vita.

Ma questi ricordi, che accompagnano quello della tartaruga sua compagna di solitudine nella terrazza, non le rinfrescano l'anima: e la certezza che lei non potrà mai tornare indietro, mai ritornare alla terra se non come cadavere, accresce anzi la sua arsura.

E quasi per tentare di rinfrescare davvero quest'arsura, in quel momento più interna che esterna, per la prima volta dopo che serve fedelmente e rispettosamente il vecchio signore, osa lavarsi con l'acqua e il sapone di lui. In un cassetto del lavabo ella sa che ci sono anche certe polveri rinfrescanti: apre dunque il cassetto e i suoi occhi si spalancano, la mano rimane sospesa nell'atto di prendere.

Una specie di libretto, con figure, ghirigori, numeri cifre, è dentro il cassetto, fra le scatole di ciprie e di pomate che hanno un profumo nauseante: sullo sfondo bianco di un medaglione inciso sulla prima paginetta, una donna melanconica, con un lungo ricciolo azzurro pendente la tempia destra, s'appoggia a un'ara fumante, con strani oggetti in mano; quello che sostiene con la destra sembra un bastone, e alcuni bambini nudi, ai suoi piedi, si divertono a guardarlo e forse tentare di prenderglielo.

Anche lei guarda così il libretto, si china meglio a osservarlo, infine lo prende e lo sfoglia; è fatto di molti biglietti di cinquanta lire nuovi ancora appiccicati gli uni agli altri.

— Con questi — pensa — potrei filare subito alla stazione e tornarmene laggiù *da noi*. Chi sa niente di me? Cercala! Il vecchio è appena uscito e non tornerà che fra due ore: e a lui questi soldi non fanno né caldo né freddo. Un attimo: e il *potrei* del primo impeto si cambia in *posso*.

Si cacciò il libretto nel seno e finì di riordinare la camera: un ragionamento errato di salvezza la guidava; se la raggiungevano e la prendevano, laggiù dove voleva andare, faceva a tempo a negare: però si affrettava; chiuse le persiane, tornò nell'ingresso buio.

Ma mentre sta per aprire la porta, questa come nei sogni, si spalanca da sé, e nel vano grigio appare la piccola figura del vecchio.

— Buon giorno, buon giorno — dice lei, untuosa e vibrante — Ho finito e vado.

— Aspettate un momento, ho dimenticato una cose — egli dice, lasciando la porta aperta. E va di là, nella camera, e apre il cassetto.

Da quel momento, come tutti i delinquenti dicono per scusarsi, ella perde la propria coscienza. Fuggire? La prenderanno per le scale. Negare: non le resta che negare: ma il vecchio la investe, le salta addosso come un gatto arrabbiato, grida con la sua piccola voce che vuole denunziarla, che chiamerà gente se lei non restituisce subito i denari. Lei tace, si lascia spingere e stringere; ma d'un tratto chiude con un calcio la porta e a sua volta soverchia l'uomo, gli afferra il collo con le mani che il lavoro millenario suo e dei suoi avi ha mantenuto gigantesche e glielo torce come quello di una gallina.

Un rumore, se così può chiamarsi, più tenue e indefinibile di quello del rosicchio del tarlo la destò dall'incubo. Ella lo riconobbe subito. Era la tartaruga che veniva a farle la sua visita notturna e cominciava il suo giro d'ispezione nella tana. Ella si alzò a sedere, coi capelli pesanti di sudore, e ritrasse i piedi poiché la luce della luna glieli fece apparire enormi. E attese. Si sentiva il rumore notturno della città, come quello di una nave in rotta nell'oceano; ma il risucchio della bestia, nell'angolo dove c'era la brocca dell'acqua e quindi un pò di umido per terra, sembrava alla donna la voce più potente della notte. Il cuore le si scioglieva dalle catene infernali della disperazione: quel ritorno della tartaruga era come un ritorno di speranza e quindi di vita.

Aspettò che la bestia si avvicinasse: si avvicinava, le fu presso i piedi, e lei sentì sulla caviglia come la puntura di una spina. Allora si piegò e prese la sua amica in mano, la sentì fredda e dura come una scatola, eppure le parlò, avvicinandosela alla guancia come si fa con l'orologio ascoltando se cammina.

— Le scarpe me le sono già levate, — le disse, piano — Avevo tanto caldo. Ho corso tutta la giornata, oggi, al sole, di qua di là, non so, per tutte le strade, fino giù alla campagna, al fiume. Volevo buttarmi nel fiume, ma non ho avuto il coraggio. Dio non vuole, che si uccida. E adesso aspettiamo: verranno a prendermi; sia fatta la volontà di Dio. I denari li ho rimessi a posto, mica per paura che mi accusassero, ma perché così dovevo fare. Mi dispiace di lasciarti, in questa fornace, dove ti ci ho portato io; le serve ti butteranno giù, perché sono tutte cattive, e tu ti romperai come una scatola, come sono rotta io.

La tartaruga tirava fuori dalla sua cupola la testina e le zampe; e sul suo polso di legno la donna sentiva quelle unghie molli scavare la pelle come per arrivare al sangue e succhiarne i germi avvelenati.

E a poco a poco l'idea di salvare la sua amica, di ridonarla alla terra, dominò l'istinto stesso della salvezza propria. Si rimise le scarpe e, con lei in un fazzoletto, scivolò giù per le lunghe scale, passando a occhi chiusi davanti a quella porta: trovò il modo di uscire inosservata e camminò ancora, a lungo, attraversando come in sogno la città notturna ardente dei colori dell'arcobaleno; finché arrivò agli orti fuori le mura, dove Dio parlava ancora con la voce solitaria dell'acqua corrente.

Eravamo entrati in una pasticceria all'angolo fra una grande strada e un vicolo poco frequentato, e il conoscente col quale mi trovavo per caso in compagnia, sceglieva alcune paste da portare ai suoi bambini. Il pacchetto roseo era pronto, e l'uomo aveva già pagato, quando il cameriere balzò di scatto contro un individuo che si disponeva ad andarsene, lo afferrò alle braccia, per di dietro, e lo scosse ruvidamente, gridandogli contro le spalle: — E adesso per Dio basta, sa! È già tre giorni che fa lo stesso giuoco. Ma che prende la gente per cretini? Si vergogni, si vergogni.

L'assalito era un uomo alto, anziano, distinto. Vestiva anzi con una certa eleganza, con le ghette grigie sopra le scarpe di lustrino, i guanti in mano, il cappello chiaro col nastro turchino. Dal mio posto io vedevo solo di scorcio il suo viso, una guancia rasa alquanto appassita e l'orecchio che all'assalto del cameriere s'era fatto rosso come insanguinato.

Del resto egli non diede alcun altro segno di turbamento: non si volse, non aprì bocca. Il cameriere adesso gli era passato davanti, senza lasciarlo, come girando di posizione intorno a una fortezza, e mentre continuava a gridargli vituperi, gli frugava con una mano le tasche.

Ne trasse alcune paste, già un po' schiacciate, e le buttò con rabbia per terra.

— Non per questo, sa, ma perché lei dovrebbe vergognarsi. Si vergogni. Vada via, vada via, — urlò in ultimo, spingendolo fuori della porta — e si guardi bene dal lasciarsi rivedere.

E quando l'uomo se ne fu andato, senza mai volgere il viso per non farsi vedere dai pochi ch'eravamo dentro la pasticceria, il cameriere si asciugò la fronte congestionata, poi automaticamente si chinò a raccogliere le paste che rigettò più indietro, sotto il banco, come si trattasse di cosa sporca: infine si calmò e diede spiegazioni di quello che già tutti avevamo capito: — È tre giorni che viene qui, mangia, ruba e se ne va senza pagare.

Nessuno fiatava; eravamo tutti come colti da vergogna per il nostro simile, e ci si guardò anzi a vicenda, con un vago smarrimento, come se ciascuno di noi sospettasse nell'altro un compagno del disgraziato.

— Disgraziato! — dissi io, mentre subito dopo col mio compagno si lasciava la pasticceria, uscendo dalla porta verso il vicolo. — Avrà forse fame: forse voleva portare le paste ai suoi bambini. Non importa il vestire e le apparenze. Io conosco un impiegato che non riesce a sfamare completamente la sua famiglia.

Il mio compagno, che oltre ad essere un ottimo padre di famiglia è un colosso sempre famelico, mi ascoltava pensieroso. La scena lo aveva profondamente disgustato e quasi atterrito, e le mie considerazioni, mi confessò dopo, gli destarono un fremito. Disse burbero: — Ad ogni costo, anche a veder morir di fame i propri figli, queste vergogne non si compiono. L'uomo non deve, specialmente a una certa età, far arrossire per lui gli altri uomini. E quel cameriere ha fatto male a non dargli una lezione migliore. Doveva chiamare una guardia. Adesso quel miserabile fa il giuoco in altri posti. Ah, eccolo lì, che cammina come se niente fosse...— disse poi sottovoce, fermandosi e fermandomi per il braccio, come se davanti a noi, nel vicolo nero, solitario, poco illuminato da una sola lampada ad arco alta e bianca come la luna, scivolasse un essere pericoloso.

Posso dire che ho quasi sentito battere il cuore del mio compagno: certo era il suo orologio, ma mi parve il suo cuore. Certo ho sentito digrignare i suoi denti: mi diede da tenere il suo pacchetto, poi senza dire nulla si slanciò avanti calcandosi il cappello sulla fronte come uno che vuol compiere una corsa vertiginosa. La sua ombra grottesca mi parve che lo seguisse affannosa, trascinata da lui con violenza. In un attimo raggiunse l'uomo del quale nella penombra si distinguevano le ghette e il cappello come dipinti con la biacca, per risalto al resto della forma scura: in un attimo lo investì, e mentre anche le due ombre si mischiavano per terra in una lotta misteriosa, lo volse con le spalle contro il muro e gli cacciò il pugno sotto gli occhi.

Anch'io correvo in fondo atterrita, ma nello stesso tempo curiosa e presa da un senso d'ilarità. Perché i movimenti di quei due erano veramente ridicoli, e la tragedia era solo nel mischiarsi informe delle ombre che pareva lo scontro interno dei due uomini.

Il mio compagno parlava forte, ma in modo diverso del cameriere, con una voce lenta e cavernosa che non mi pareva più la sua. — Si vergogni! Abbiamo veduto tutti, e ci siamo vergognati per lei. E devo dirle che se non la conduco in questura è per riguardo alla signora che accompagno: ma badi che mi tengo a mente i suoi sporchi connotati, e che se l'incontro un giorno che siamo soli glieli cambio a furia di pugni.

L'altro non rispondeva. Fermo contro il muro, con le braccia abbandonate e la testa china pareva un morto appoggiato per forza a una parete. E il suo viso era come scavato da una croce nera, senz'altri connotati davvero che quelli di un dolore senza nome e senza forma.

Non ho mai in vita mia provato un senso di pietà così straziante nella sua impotenza come quello che quel viso mi destò.

— Lo lasci — imposi all'assalitore — non vede che è un poveraccio? Forse non ha la camicia.

La camicia ce l'aveva, e di seta; ma io dissi così perché realmente avevo l'impressione di vedere il buon ladrone nudo ai piedi della croce: il vero *ecce homo* che è in tutti i disgraziati fuori dell'umanità.

Il mio compagno non poteva capire; si irritò anzi contro di me.

— Mò le faccio vedere se la camicia ce l'ha. Aspetti…

E gli frugò nelle tasche come aveva fatto il cameriere: ne trasse il portafoglio, lo aprì: era pieno di denaro. Lo buttò per terra e ci sputò sopra.

— Andiamo — disse, con terrore.

L'uomo non si muoveva. Solo quando noi due si fu un poco avanti io mi volsi e vidi che raccoglieva il portafogli, con cautela, per non macchiarsi con lo sputo.

—È fuori dell'umanità. Ma troverà la sua — brontolava il mio compagno.

Eppure io sentivo crescere in me la pietà, fino alla desolazione, fino alla vergogna di se stessa.

Il tesoro degli zingari

La notizia del tesoro ritrovato dagli zingari arrivò anche alla piccola Madlen, che da settimane giaceva malata nella prima tenda del loro accampamento; e non l'avrebbe distolta troppo dal suo soffrire senza i particolari misteriosi coi quali la sorella maggiore l'accompagnava.

— Pare sia stata la vecchia, a sognarselo. Sentiva come un rumore d'acqua, sotto la testa, mentre dormiva; e vedeva una grande luce. Allora hanno scavato, lei e il figlio, e hanno subito trovato un vuoto, perché pare che qui sotto esistano grotte profonde, dove si nascondevano i cristiani e vi seppellivano i loro morti. Il tesoro è, dicono, dentro un vaso di oro: non si sa di preciso in che consista, forse in monete, forse in diamanti. A guardarci dentro, nel vaso, viene un barbaglio che acceca. La vecchia piange e ride; pare divenuta matta, mentre quel barbone del figlio è più nero che mai: non parla con nessuno e non si allontana più dalla loro tenda.

— Essi sono i padroni, — mormorò Madlen, volgendosi verso la parete di tela. Pareva infastidita; eppure da quel momento il pensiero del tesoro le alleggerì il mal di testa e il dolore alle reni che la stroncavano tutta. Il tesoro, infine apparteneva a tutti; perché tutto, nella tribù, era della comunità. Dunque apparteneva anche a lei, e lei doveva rallegrarsene, o almeno interessarsene. Non che le premesse il valore delle cose contenute dal vaso: ma il mistero delle cose stesse, e quella luce che emanavano.

Che cosa sarà? Qualche cosa più fulgida degli zecchini e delle sterline e delle perle false e delle patacche rilucenti che brillano sui corsetti delle sue parenti e compagne: qualche cosa che non si può fissare come il sole. Ma il sole lei era buona a fissarlo, quando stava bene, e dentro il vaso d'oro lei sola, forse, è capace di guardarci a lungo come dentro un pozzo senza fondo.

Prima che la vecchia e il figlio lo lascino vedere ci vorrà del tempo, però. Loro sono i capi della tribù: veramente il capo dovrebbe essere il figlio, ma è talmente attaccato e ligio alla madre, che la vera padrona di tutti è lei.

Lei tiene la cassa della comunità, lei impartisce ordini, da lei dipende lo stare in un posto o nell'altro: lei presiede ai lavori degli zingari magnani e ramai, e infine è lei che adocchia se c'è qualche cosa da *prendere* nei dintorni e comanda sia *presa*, o se la piglia lei senza far chiacchiere.

— Adesso possono anche far venire il dottore a visitarmi, — pensava Madlen, rivoltandosi con dolore sul suo giaciglio. — Io sono stanca, stanca, stanca.

E più che stanca si sentiva infinitamente triste; il pensiero che la morte poteva dar fine al suo male non le passava neppure in mente: la sua mente, anzi, era piena di immagini di vita, e questo continuo impotente fantasticare accresceva la sua stanchezza.

Dall'apertura della tenda intravedeva l'officina primordiale dove gli zingari, coi calzoni di velluto nero e la camicia gialla o turchina, lavoravano il rame. I bei paiuoli dalle cupole splendenti, le teglie rotonde che luccicavano al sole, le padelle fuori d'oro e dentro di argento le richiamavano continuamente al pensiero il misterioso vaso ritrovato dai capi della tribù.

Eccola lì, la vecchia, con le mani sui fianchi, alta e dura come una regina. Dall'ampia sottana rossa pieghettata si slancia la vita sottile circondata d'una cintura di perline: un fazzoletto verde e viola le stringe la testa serpentina, e dalle orecchie le scendono, coi lunghi pendenti, due treccioline bianche con due uncini in fondo. Anche il viso pare tinto con la terra gialla e il bistro; e gli occhi dorati, il naso, le dita adunche, ricordano un qualche uccello da preda. Va di qua, va di là, osservando tutto, parla con la più giovane e bella delle zingare, quella che con gli occhi che sembrano finti, di cristallo nero, legge la sorte sulla palma della mano sinistra ai giovanotti che s'avvicinano all'accampamento; infine si ferma davanti alla siepe sopra gli orti intorno e forse osserva se c'è qualche cosa da prendere.

Madlen la segue con uno sguardo fra di ammirazione e di odio. Di lei ha una grande stima, mista a terrore, perché oltre il resto la sa brava a fare sortilegi: ma dal giorno della notizia del tesoro sente anche di odiarla. Il tesoro appartiene a tutti: perché dunque non lo lascia vedere, almeno vedere, se non toccare? E perché non spende una delle monete ritrovate, per chiamare il medico?

— Io sono stanca, stanca, stanca, — ripete fra sé Madlen; e chiude gli occhi per sentire meglio la sua infinita stanchezza.

Le pareva che la sua pelle se ne andasse, attaccata agli stracci che la coprivano: e che le ossa si disgiungessero e si bucassero come quelle dei morti.

La notte, specialmente, era lunga e tormentosa; anche se i beveraggi di estratto di papavero e di lattuga, preparati dalla madre, la facevano sonnecchiare. Sogni terribili le finivano di succhiare il sangue.

E la mattina presto, quando il canto del gallo le fa intravedere il rosseggiare dorato del cielo, e gli zingari si alzavano uno dopo l'altro, tutti, anche i più piccoli, e si sentivano tossire, ridere e starnutare, intorno ai fuochi che fuori le donne accendevano; e lei sola rimaneva nel suo giaciglio, straccio fra gli stracci, e la pelle d'orso che la copriva, puzzava e pesava come ancora grave del corpo della bestia, una tristezza senza conforto le invecchiava l'anima e il viso. In fondo però la speranza non l'abbandonava. Solo una mattina provò un primo senso di disperazione. Era il lunedì dopo Pasqua: svegliandosi dopo una notte più febbrile delle altre, Madlen sentì qualche cosa d'insolito fuori nell'aria e nel recinto della tribù, e nel crepuscolo stesso della capanna dove i suoi parenti già si agitavano e qualcuno anche mangiava e beveva. La pelle d'orso le pareva più pesante del solito, e più repugnante e paurosa, come fosse l'orso vivo; mentre la polvere sollevata dalla madre nel pulire il pavimento con uno straccio le ricordava quella delle strade nei caldi giorni di estate e di gioia.

D'un tratto si mise a piangere infantilmente. La madre, che era la sola a curarsi di lei, e non troppo, le fu sopra, spaurita. Da quando era malata, Madlen non aveva mai pianto: adesso i suoi stridi parevano quelli di un bambino appena nato, dolorosi e incoscienti e senza ragione.

— Che hai? Che hai? Ti senti male?

Madlen volse il visetto livido contro il guanciale, sotto la matassa intricata dei capelli oleosi, e parve vergognarsi del suo pianto. La madre la rivolse in su, la sollevò, le aggiustò il giaciglio: poi le fece bere un po' di caffè freddo con acquavite: e credette che la piccola avesse la febbre, perché toccava con ripugnanza la pelle d'orso e diceva: — Levami questo, levami questo: ho paura.

— Di che hai paura, piccola stella? L'hai tenuta sempre addosso, e ti piaceva. Adesso avrai freddo.

— Non vedi che c'è l'orso? — strillò Madlen, con terrore, torcendosi tutta.

— Va bene, me la metterò io, — disse la sorella maggiore, tirando giù dal lettuccio la pelle calda: e vi si sdraiò subito a pancia in aria come un gatto al sole.

La madre credeva che Madlen avesse la febbre forte; forse era al termine della sua malattia e doveva andarsene. Bisognava avvertire la vecchia.

Di solito era la vecchia, che curava i malati; nella tenda esisteva un piccolo reparto farmaceutico, e lei distribuiva continuamente il chinino agli zingari, e parava unguenti contro le malattie della pelle: per questo aveva fama di fare stregonerie.

Fu chiamata presso Madlen: il solo suo entrare maestoso e luminoso nella capanna fece bene alla fanciulla. Le parve che il sole stesso, coi suoi zecchini scintillanti e il rosso e il giallo e il viola dei suoi raggi guardati ad occhi socchiusi, si affacciasse all'apertura del suo triste covo. E quando le dita sottili della vecchia, dure e rossastre come i pampini secchi, le toccarono il polso e le sollevarono le palpebre, rabbrividì tutta.

— Adesso le domando che mi faccia vedere il tesoro. Adesso le dico che è di tutti; che deve farlo vedere a tutti,

— pensava con audacia. Ma non osava neppure guardarla in viso, ed anzi aveva paura che quella indovinasse i suoi pensieri.

La madre offrì alla vecchia un bicchierino d'acquavite, aspettando il suo responso, senza però interrogarla: quella bevette, poi andò sull'apertura della tenda e sputò fuori.

— La bambina non ha niente, — disse senza voltarsi — Piuttosto dovreste metterla un po' fuori, al sole. Oggi è davvero una giornata di primavera.

Madlen fu rivestita dei suoi stracci e messa fuori, sulla pelle d'orso stesa sull'erba, nell'angolo dell'accampamento dove il sole batteva più forte. Ella volle portare con sé una cosa che teneva nascosta sotto il guanciale, la sua unica proprietà, uno di quei piccoli specchietti che le donne tengono dentro le loro borsette, e che al tempo dei tempi, quando correva scalza con gli altri ragazzi, uno di questi aveva *preso* alla bella zingara che leggeva la sorte, e ceduto a lei per un soldo nuovo.

Ella teneva lo specchietto nascosto, per paura che la zingara glielo vedesse; ma aspettava il momento opportuno per tirarlo fuori e servirsene per *giocare* col sole.

E il sole era lì, sopra di lei, caldo e buono; la copriva tutta, le penetrava attraverso i poveri vestiti che pur nella miseria conservavano i colori vivi che danno gioia agli occhi, le gonfiava le matasse dei capelli come le piume bagnate degli uccelli quando si asciugano in cima al ramo. Ed ella provava invero un senso di gioia e di sollievo come devono sentirlo gli uccelli dopo la bufera: la sua pelle si dilatava e il sole penetrandole fino alle ossa gliele ricomponeva e riallacciava.

Si stese supina e tentò come altre volte di fissarlo, il grande sole; ma gli occhi erano deboli: li chiuse e le parve che l'azzurro vivo del cielo le coprisse il viso come una stoffa di seta. E sotto questa meravigliosa coperta si addormentò.

Questa cura le giovò meglio che se avessero chiamato il più famoso dei dottori. Già il terzo giorno poté, sorretta dalla madre, fare qualche passo fino alla siepe dell'accampamento; e vide gli orti giù tutti fioriti, e le canne che rinascevano, e i carciofi che parevano, sugli alti gambi argentei, grandi bocciuoli di rose. Un odore di giaggioli e di glicine portato dal venticello d'aprile dava l'idea, a Madlen, che una bella signora passasse dietro la siepe lasciando nell'aria il suo profumo. Era la signora primavera.

Allora pregò la madre di portare la pelle d'orso più in qua, verso la siepe: voleva veder da vicino gli uccelli che vi si posavano.

Ucellini, farfalle, calabroni, mosche e api, tutto un popolo laborioso nel suo ozio apparente, si agitava in mezzo alla siepe: un ragno, sospeso al suo invisibile filo, danzava per aria e pareva volasse.

Venne anche, come una freccia, una giovane cornacchia con gli occhi azzurri e la coda come un ventaglio dalle stecche di ebano. Un'altra cornacchia la raggiunse, e tutte e due gridarono come bambini che si rincorrono, poi volarono assieme in alto in alto fino a sperdersi nel sole.

Madlen sentì voglia di piangere: ma di un pianto le cui lagrime avevano il sapore aspro e dolce delle goccie d'acquavite che la madre le concedeva nei grandi momenti.

Stesa sulla pelle il cui pelo e l'odore si confondevano con quelli dell'erba, pensava al tesoro della vecchia e al modo di poterlo vedere.

Oh, ci arriverà certo: fra un anno, fra dieci, quando anche lei avrà venti anni e leggerà la sorte sulla palma liscia dei bei ragazzi che vengono nell'accampamento per vedere le zingare belle, e sarà furba e forte anche lei, arriverà a vederlo, il tesoro. E poi è di tutti, è della comunità, e la vecchia dovrà bene tirarlo fuori.

— È di tutti, come il sole, — mormora Madlen; e per farsi un'idea del misterioso splendore che sgorga dal vaso d'oro, trae lo specchietto rotondo e lo contrappone al sole. Lo specchietto brilla e vuole davvero follemente parere un piccolo sole: Madlen lo fissa, ma non è soddisfatta: altra luce è quella che splende dentro il vaso d'oro. Allora, dopo essersi divertita a *giocare* un po' col sole, agitando lo specchietto e facendone balzare il riverbero intorno per l'erba e la siepe, pensa che forse il tesoro si vedrà meglio nel sole stesso.

E si butta supina e poiché gli occhi non vogliono stare aperti si tira su le palpebre con le dita: un grande barbaglio la investe tutta: le lagrime che le velano gli occhi lo accrescono: le pare di essere sotto una pioggia di perle, di monete, di gioielli e di stelle. E finalmente ha davvero l'impressione di quello che è il tesoro della comunità degli uomini tutti: la gioia di vivere.

La ghirlanda dell'anno

Sebbene i fiorai della città non possano vantare lauti guadagni per gli acquisti del poeta, fiori non mancano mai di fargli compagnia, nelle ore liete o tristi della giornata, e specialmente in quelle solitarie (eppure così affollate di chiari personaggi) delle notturne letture. Fiori figli del suo piccolo giardino, e quindi quasi creature sue. Cominciano le giunchiglie di gennaio, felici, nelle notti gelide e morte, di sentirsi covate dal calore della lampada, nel nido del vasetto di cristallo, illuse, tra le foglie verdi, di trovarsi nel loro cespuglio, al sole.

Hanno il colore della neve, ma col cuore d'oro, e il loro profumo è come quello dell'adolescenza, quando la carne è ancora purissima e tuttavia già pervasa di desiderî: profumo che pare esali anche dalle giunchiglie riflesse dalla tavola come da un'acqua nera lucente.

Simbolo di fanciullezza, non si sfogliano: la loro gioia di vivere è resistente; resistente il loro profumo; e il tempo le può solo piegare sullo stelo. Forse i brevi giorni di gennaio sono per esse come i lustri per noi; e quando i primi narcisi, già dorati dal giovane sole dell'anno nuovo, col lungo stelo di giunco fresco prendono posto nel vasetto e turbano la loro innocente vecchiaia, tentano un ultimo sforzo per sollevarsi, quasi per piacere ai loro lieti compagni: e invero la loro delicata ma longeva bellezza è come quella della donna che, per il piacere di amare e di essere amata, si conserva leggiadra fino alla morte.

E il poeta, che considera sacri i suoi fiori, poiché con la loro breve esistenza accompagnano la sua breve esistenza, a loro prepara degni funerali: vale a dire, porta il vaso in giardino e facendo largo ai giovani narcisi toglie le vecchie giunchiglie morte e le seppellisce accanto ai loro cespugli deserti. Così insegna il giardiniere: poiché il miglior concime per una pianta è la sua stessa produzione già morta: in tal modo il poeta accorda la poesia alla pratica.

Febbraio è venuto, e la terra, come la conchiglia rimasta scoperta dall'onda, apre le sue valve per sentire l'odore dell'aria. Fa ancora freddo: solo il mandorlo imprudente ha aperto sull'inverno i candidi occhi dei suoi fiori: ma già se ne pente, perché l'onda felina della tramontana, che ha di nuovo ricoperto la terra, come un'ape sterile succhia le sue corolle. Più fortunati sono i narcisi, nelle aiuole riparate, provvisti di lunghe gambe per danzare col vento. Quando la mano del poeta li stronca (non senza un certo scrupolo di delitto), piangono dalla ferita dello stelo lunghe e dense lagrime verdi: come vittime e prigionieri si lasciano portare dentro la casa, e l'aria chiusa della stanza fa impallidire l'oro della loro coppa alata. Ma giunta la notte, si rinfrancano: come i bambini accanto ai genitori sentono il calore del poeta, di nuovo piegato sulle sue pagine che non finiscono mai: si rinfrancano, si specchiano sull'acqua nera della tavola lucente, e forse hanno pietà dei compagni rimasti fuori sotto il flagello stridulo della tramontana.

Ma una sera, sul finire del mese, quando l'aria s'è calmata e la luna nuova si dondola sul pino davanti alla finestra, il poeta, stordito anche lui da qualche cosa che già da tanti anni conosce, eppure sempre gli pare inesplicabile, il rinnovarsi eterno del tempo, entra nello studio e vede rinnovato anche il mito di Narciso: le corolle dei fiori si sono staccate dal loro stelo, intatte, e giacciono sulla tavola, la cui acqua nera le riflette nitide come dipinte.

Il mattino dopo, prima che egli scenda in giardino, un mazzo nuovo è nel vaso di cristallo: mazzo, odore, colore tutto è nuovo: e nuovo è anche lo spirito gentile della bambina che ha colto le viole e le ha deposte, omaggio del suo amore e della primavera sua e della terra, sulla tavola del poeta. Per questo dono esulta davvero, e si spiega il mistero della giovinezza che mai non muore, l'anima di lui: e se le viole sentono invece il bisogno di una vita breve e alla notte si chiudono come palpebre appassite dall'amore, la mattina seguente vengono rinnovate da altre e altre ancora. Adesso è marzo; i bambini amano alzarsi presto come il loro grande amico, il sole, e la loro prima fatica è cogliere i fiori. Anche le frésie sbucano fra le cento piccole spade dei loro cespugli: rivali delle viole, ne vincono l'odore pudico e il colore di crepuscolo col profumo quasi artificiale e l'avorio brillante dei loro calici. Di frésie è adesso invasa la casa del poeta, e la loro vita tenace rinnova quella dei fiori invernali; ma sulla tavola, di notte, quando aprile ha cacciato via gli ultimi turbini passionali di marzo, e già l'usignuolo incrina il silenzio grave del pino davanti alla finestra, solo una rosa si specchia sul piano lucente. Rosa di aprile, pallida, senza profumo, che è nata stanca della sua precocità ed ha voglia di sfogliarsi subito; eppure, solo perché è rosa, spande intorno a sé un alone di cose fantastiche. E non aspetta l'oscurità, la solitudine: per lei il giorno è finito col tramonto e tutte le ore son buone per morire. Così, quando solleva gli occhi dal libro, il poeta vede che la rosa se n'è andata: i petali ancora freschi giacciono sulla tavola, simili a pezzetti di una lettera strappata; ed egli ne prova melanconia, come appunto dopo che si è strappata lettera e, con essa, qualche cosa si è distrutto in noi.

Adesso però le rose non mancano più nel giardino, e prendono forza e colore, finché all'aprirsi glorioso di maggio diventano davvero regine: regine e cortigiane, fiammanti, violente e dominatrici. Ecco la rosa rossa scura, vellutata e odorosa, preferita dal poeta: per lei si cambia il vaso, che è un lungo stelo d'onice, non più nido, ma colonna di bifora dal cui vano penetrano i canti del la bella stagione.

Durano le rose fino al pieno giugno; fino al mattino in cui la bimba coglie i papaveri selvatici, il cui rosso sbocciato spontaneo dalla terra le sembra misterioso come la goccia di sangue che la puntura di una spina ha fatto sgorgare dal suo dito. Le finestre sono aperte giorno e notte: nelle sere lunari ghirlande di melodie, che vengono da luoghi lontani, accompagnano il dondolarsi dei festoni della vite nel giardino. I papaveri ardono sulla tavola e la rischiarano come lampadine giapponesi: al loro acre odore si sposa quello dei gigli e dell'agrifoglio, e la notte sembra un solo fiore dai mille profumi.

Ma con l'empito di vita della natura cresce la tristezza del poeta: egli si sente oppresso da tanta opulenza come da una veste di broccato: gli sembra di essere vecchio, e rimpiange le nude notti d'inverno: finché, coi calori e i turbini polverosi di luglio, pensa di fuggire. Eppure sono ancora belle, queste notti scure, calde e ferme, coi piccoli garofani bianchi che hanno ripreso il posto nel nido di cristallo, e il cui odore pepato aiuta l'illusione di un ambiente tropicale. Il poeta, però, non è più disposto alle finzioni: è stanco, malato; tutto gli dà noia, e negli stessi fiori vede un'escrescenza colorata di inutili cespugli. Bisogna partire.

Eppure, che orgia di fiorellini campestri nella casetta sommersa fra l'azzurro del cielo e l'argento verdolino dei grandi prati falciati, che di notte la lepre attraversa come radure di boscaglie alpine! Qui non c'è la tavola, che è rimasta a riflettere solo i fantasmi dei libri; e neppure si conoscono i vasi raffinati della casa di città; ma tutto è buono per raccogliere i fiori, anche i boccali paesani per il vino; e gli occhi dei bambini sono gli specchi migliori per i fiordalisi e le bacche dorate del verbasco. L'estate però è breve come la fiamma che nello stesso tempo brilla e si spegne: e già sul cielo i fiori delle stelle filanti annunziano la sua fine.

Il poeta le guarda dal portico, e sbadiglia, ricordando la tavola nera con la muraglia dei libri che la separa dal resto del mondo. Bisogna ritornare.

L'autunno, si sa, riporta i crisantemi che invano si rivestono dei più impressionanti colori per fingersi camelie, ortensie, peonie e girasoli: l'odore li tradisce, odore di tomba, e il poeta, che adorerà la vita fino all'ultimo suo respiro, non li vuole accanto a sé: meglio un semplice tralcio di edera o, meglio ancora, un ramicello di vischio; finché il vento di gennaio confonderà col primo nevischio gli ultimi petali dei fiori dei morti, e la prima giunchiglia ricomincerà a tessere la nuova ghirlanda dell'anno.

Agosto felice

È una felicità un po' stracca e monotona, la nostra, appesantita dal caldo sciroccale di quest'agosto variabile, in riva al mare. Nulla ci manca; tutto, anzi, pare esclusivamente nostro. Nostra la casa, con intorno i freschi pioppi del Canadà sempre sorridenti e danzanti, col mare blu e il cielo lilla fra i tronchi sottili, il suolo sparso di foglie che al primo sole sembrano davvero monete d'oro; e dall'altro limite la strada litoranea asfaltata e coperta di rena, sulla quale scivolano veloci e silenziose le automobili in viaggio estivo; e le innumerevoli biciclette delle donne dei ragazzi con la testa in giù, i capelli svolazzanti nella corsa sfrenata, mettono un movimento e un'allegria di rondini a volo.

Sono belli e schietti, i tramonti che si godono da questa strada, camminando sicuri, sui margini ancora felpati di erba biondiccia, come su una corsia di casa nostra. Avanzandosi verso i campi, si vedono ancora prati teneri: le lucertoline guizzano fra l'erba come pesciolini in acqua e certe farfalle rosa e gialle si confondono coi fiori delle siepi. Il grande sole granato cade fra gli alti pioppi, sopra i casolari dei contadini e i pagliai rinnovati: si sente un odore di campagna autentica, che fa dimenticare di essere al limite di una stazione balneare, un tempo primitiva e quasi esclusivamente riservata ai contadini abbrustoliti che il giorno di San Lorenzo vi facevano sette bagni trascinandosi appresso le loro cavalcature, adesso diventata di mezzo lusso, col suo bravo Grand Hôtel maestoso, eppure bonario con le sue dame come il Re Marco con Isotta la bionda: coi suoi eccellenti premî letterari: infine col suo periodico illustrato, fonte di gloria o di mortificazione per i personaggi dei suoi elenchi mondani.

Il piacevole, di queste spiagge arriviste, alla conquista di una ricchezza stabile, è quello di trovarsi fra due mondi del tutto diversi: ti volti verso il mare e vedi la spiaggia popolata di bellissime donne quasi nude, e sul metallo del mare, fra le rosse e dorate paranze dei rudi pescatori adriatici, la sagoma di imbarcazioni eleganti con a poppa uomini ricchissimi, cantanti, artisti celebri: ti volti dal lato opposto, e i tetti bassi di vecchie tegole, coi comignoli fumanti, il grido delle anatre, le voci gravi della terra, ti rimandano al tuo villaggio natio, al quale si torna volentieri col pensiero, specialmente quando si ha la sicurezza di non rivederlo mai più nella realtà.

Di notte, poi, l'incanto è maggiore, se la luna, nascosta dalla fascia di pioppi, pare immersa nell'argento del mare, e si sente un fruscio come di canneti animati di spiriti notturni, o, se il mare ha le sue inquietudini, un lontano suono di organo che le comunica al nostro cuore, egualmente profonde e indefinibili. Purché il caldo non faccia dimenticare le superflue fantasie, e le stelle filanti che solcano la fronte buia dell'orizzonte non diano l'idea che anche il cielo sudi.

Felicità, dunque, completata da piccoli aiuti quotidiani, da risoluzioni di problemi materiali che in città assumono spesso, per quanto sembrino banali, colore di dramma, turbando l'equilibrio delle ore di lavoro e la pace domestica. Qui tutto è facile, pronto e cordiale: se si ha bisogno di un operaio, ecco l'uomo appare come il mago del bosco, coi suoi arnesi miracolosi; c'è, di faccia a casa, il vecchio adusto contadino, che coltiva il nostro piccolo parco, e se gli si offre un bicchiere di vino canta ancora un inno alla vita; e la gagliarda compagna vi fa il bucato con la cenere vergine del suo focolare, e vi porta, strette al seno perché non perdano il calore del nido, le uova salutari. Passano, rapide e asciutte, le donne con l'offerta dei doni della terra e del mare: eccole ai vostri piedi, col loro odore di pesce o di solco concimato, coi loro cesti; e insistono perché, oltre al necessario, sia accettato un piccolo regalo di pomidoro o di cannocchie ancora vive.

Gradito è anche il passaggio dell'uomo delle maglierie, gobbo come un camello sotto le sue gualdrappe frangiate e colorate; e quando le espone sul parapetto della loggetta terrena, tutte le donne di casa corrono come api intorno ai fiori, sedotte dagli scialli che ricordano la coda del pavone e dalle magliette zebrate o rosse, soprattutto rosse, il colore che attira poi a sua volta intorno alle belle ragazze i mosconi amorosi.

Ma fra tutte le agevolezze e le oneste provvidenze di questo luogo, dove la giornata passa simile a un gioco di fanciulli sulla rena, una è davvero straordinaria e quasi miracolosa. Tutti, più o meno, conosciamo le ore di inquietudine quando, nella metropoli, uno della famiglia si sente male, e si aspetta con ansia la visita del Dottore. I Dottori hanno sempre da fare, in città; per quanto premurosi, e alcuni veramente amici dei loro clienti, la loro visita non può essere immediata. Qui, invece, il Dottore è pronto: come un arcangelo anziano ma arzillo ancora, arriva biancovestito sulle ali della sua bicicletta, e in un attimo le sue parole rischiarano l'abbuiato orizzonte domestico. E le sue ricette non sono dispendiose: «acqua fresca e pura » o, al più, qualche limonata purgativa. Se poi da Ravenna arriva con la sua macchina da traguardo la Dottoressa, bisogna quasi far festa alla malattia, come ad un'ospite ingrata che sappiamo di dover fra qualche ora congedare.

La Dottoressa è bella, elegante; alla sera si trasforma come la fata Melusina, coi suoi vestiti e i suoi gioielli sfolgoranti, e gli occhi e i denti più sfolgoranti ancora: ma fata lo è anche davanti al letto del malato, sia un principe o un operaio, al quale, oltre alle sue cure sapientissime, regala generosamente bottiglie di vino antico e polli e fiori. Il suo nome è Isotta.

Del resto, anche il perire, in questo soggiorno fiabesco, non dovrebbe essere agitato e pauroso: morire, appunto come nei racconti delle antiche genti, alla più tarda età; andarsene per l'ultima passeggiata in carrozza verso la pineta una sera di ottobre, accompagnati dall'inno sacro del mare, fra i candelabri accesi dei pioppi d'oro: fermarsi nel piccolo camposanto all'ombra glauca dei pini, tra i fiori azzurri del radicchio e le pigne spaccate che sembrano rose scolpite nel legno. Alla più tarda età.

Per adesso la vita e la salute ci offrono ancora i loro doni. E non sempre ingenui come quelli delle donne dei frutteti e delle barche. Questa volta la cornucopia contiene davvero un frutto prezioso. Abbiamo ricevuto la visita di un grande Poeta. Non si sognava neppure, fino a questa sera di domenica, col cielo che si è fatto, quasi per l'occasione, luminosamente diafano e ricco di tutte le sue costellazioni, che Giuseppe Ungaretti varcasse il nostro recinto da presepio, e la sua figura, nell'umiltà dell'aia, accanto al pozzo patriarcale, dominasse lo sfondo come nei quadri dei primitivi. E mai come questa sera, nel vibrante cerchio di spiriti riuniti intorno a lui come i raggi della ruota intorno al pernio, abbiamo sentito il mistero di forza, di obbedienza, di gioia, che la potenza di sentimento di un uomo può muovere nel cuore dei suoi simili.

La sua persona è forse un po' dura e squadrata, forse anche tormentata da una vaga stanchezza, da un malcontento nervoso: i capelli sono poveri, la pelle avvampata come la salsedine: ma il profilo, nella striscia di luce oscillante che esce anch'essa curiosa di lui dalla porta di casa, ha un luccichio di metallo arrotato, e l'occhio, sotto il cristallo delle lenti, ha la fosforescenza verde liquida del mare: occhio di navigatore, avvezzo agli spazi e alle profondità infinite: eppure, nel guardarlo con insaziata sete di conoscerlo nel suo aspetto umano, ci vien fatto di pensare, — anche perché egli, ad una sommessa supplica, ci apre un poco il segreto della sua vita e delle sue abitudini quotidiane, e parla del suo lavoro notturno, dell'assoluto bisogno di silenzio e solitudine per la creazione, — ad un minatore che scava l'oro e il diamante nelle tenebre.

La sua voce però d'improvviso si solleva, agra e squillante, e un suo breve riso quasi belluino rompe l'innocente incanto dei suoi umili adoratori. Sembra sdegnato di noi, di essersi lasciato prendere per un momento dalla rete della nostra curiosità, di essersi abbandonato al nostro assalto: egli torna ad essere il gigante, l'uomo solo. Tuttavia non ci fa più paura: poiché abbiamo osservato le sue mani di fanciullo e sentito la sua vera voce; e sappiamo per lunga esperienza che anche i ciclopi rispondono con la voce tonante ma buona dell'eco a chi li chiama con la gioia trepida di credere nella loro unità.

Fra i molti suoi difetti Andrea aveva un pregio: la generosità. Forse una generosità grezza, venata di amor proprio, di vanità e anche di un filo di boria; ma spesso impetuosa e schietta; e quando era tale, egli aveva torrenti di entusiasmo per cose che agli altri sembravano degne di poco aiuto, se non pure di essere contrariate e derise: e allora gli sembrava di fare atto di giustizia mettendosi dalla parte del debole. Così, quando venne a sapere che la sua sorellina Cosima, quella ragazzina di quattordici anni, che per la sua scarsa statura e la timidezza selvatica ne dimostrava meno, si era messa, ribelle a tutte le tradizioni, le abitudini, gli usi delle donne della sua razza, a scrivere versi e racconti, e tutti cominciarono a guardarla con una certa stupita diffidenza, anzi a sbeffeggiarla e prevedere per lei un quasi losco avvenire, Andrea invece prese a proteggerla, e tentò, in modo intelligente ed efficace, di aiutarla. Egli aveva appena fatto gli studi ginnasiali, e adesso, morto il padre, si occupava dell'amministrazione del patrimonio familiare, traendone, è vero, molto profitto per i suoi svaghi. Aveva ventidue anni; era robusto e sensuale, e gli piacevano le donne e il giuoco; ma leggeva, anche, e in certo modo era al corrente della vita intellettuale d'oltre mare. Un'eco di questa era portata nella nostra piccola città da Antonino, studente di belle lettere, fratello del più intimo amico di Andrea. Questo fratello aveva anche lui preferito allo studio la movimentata e quasi avventurosa del piccolo latifondista, sempre a cavallo per aizzare il lavoro dei servi; pronto a divertirsi poi con le belle e ardenti ragazze paesane; e, pure ammirandolo in segreto, si beffava di Antonino, che aveva le mani bianche e affusolate di gentiluomo, e gli occhi grandi di sognatore; e non era buono neppure a montare la giumenta sulla quale balzavano d'un salto le servette di casa per andare a prendere l'acqua alla fontana; come nei suoi eterni studi nelle Università più celebri del Continente, spendendo tutti i risparmi della famiglia, non riusciva, o non voleva riuscire, a prendere la laurea. Ad ogni modo, questo bellissimo, questo elegante e quasi principesco studente (e in quei tempi e in quel luogo la parola studente significava ancora un essere superiore, un uomo al quale potevano sorridere i più alti e potenti destini) portava davvero, nella cerchia primitiva del suo mondo, quasi sottomessa a un esilio dal mondo grande, un soffio di questa grandezza, tanto più luminosa quanto più lontana. Egli parlava di re, regine, di feste di Corte, come nelle canzoni popolari; e di altri personaggi politici, di artisti e letterati come fossero suoi intimi amici. Su una figura allora in tutto il suo più radioso splendore, circonfusa inoltre da un'aureola di cose leggendarie, egli si appoggiava soprattutto, come il fedele alla colonna del tempio, il Graal dal tabernacolo d'oro, dove sfolgorava, più viva del sole, la poesia di Gabriele D'Annunzio.

Le cose raccontate dall'alcionico, dall'epico Antonino infiammavano di folli sogni il cuore del rude e pratico Andrea. Egli cominciò a fantasticare sull'avvenire della piccola Cosima. Bisognava però aiutarla. La mandò a prendere lezioni di italiano da un professore del Ginnasio; ma più efficaci di queste furono le lezioni pratiche che il fratello volonteroso le procurò, facendole conoscere i tipi più caratteristici del luogo: vecchi pastori che raccontavano storie e leggende più significative di quelle dei libri; rapsodi rustici che coi loro versi incisivi, le canzoni a ballo, le cantilene e le serenate rievocavano e colorivano le passioni e le tradizioni di tutto un popolo; e sopratutto portandola a visitare i paesi intorno, le chiese campestri, gli ovili sperduti nei pascoli solitari dell'altipiano o nascosti come nidi di falchi nelle conche boscose dei monti.

Una di queste gite fu memorabile, anche perché fatta in buona e allegra compagnia. Oltre al fratello di Antonino, c'erano altri amici di Andrea, quasi tutti sani e gagliardi ragazzi, quasi tutti studenti mancati, che ai tormentosi tasti del vocabolario preferivano quelli della fisarmonica, e l'Odissea la vivevano con le loro imprese, specialmente quando si riunivano a banchetto, come quella volta, e le ossa degli agnelli arrostiti alla viva fiamma si ammucchiavano ai loro piedi come sotto le mense degli eroi di Omero.

Era di luglio. Ai pastori porcari, che avevano finito la loro stagione, erano seguiti quelli di pecore e di capre. Il gregge brado brucava l'asfodelo secco, i cui lunghi steli dorati scrocchiano fra i denti delle bestie; e le capre nere dalle teste diaboliche si arrampicavano sulle querce per massacrarne i germogli nuovi.

Certo, in quel giorno Cosima imparò più cose che in dieci lezioni del professore di belle lettere. Imparò a distinguere la gazza dalla ghiandaia, la foglia dentellata della quercia da quella a punta di lancia dell'elce, e il fiore filigranato del tasso barbasso da quello piumoso del vilucchio. E da un castello di macigni di granito, sopra il quale volteggiavano alti i falchi che parevano attirati dal sole come le farfalle notturne dai lumi, vide una grande spada d'acciaio, messa ai piedi di una scogliera verde, quasi in segno che l'isola era stata tagliata dal Continente. Era il mare, che Cosima vedeva per la prima volta.

Sì, certo, fu una giornata straordinaria, come quella della cresima, quando un fanciullo che crede in Dio si sente quasi spuntare le ali per volare fino a Lui. Tutto pareva sacro, a Cosima, quel giorno: aveva la sensazione di essere diventata più alta, leggera, snodata da ogni impaccio infantile; vedeva le cose in una luce precisa, non più di sogno, eppure più bella di quella del sogno: e quando ridiscese nel bosco, dove l'ombra era fitta, una piccola nuvola affacciata in uno squarcio azzurro fra due lecci le parve il suo viso, come quando ella si protendeva sopra il pozzo di casa per spiarne il fondo dove sapeva che c'era solo un velo d'acqua, eppure ci si immaginava un meraviglioso mondo sottomarino.

Il banchetto fu servito in una radura erbosa circondata di un colonnato di tronchi come una sala regale. Per sedile a Cosima, il fratello preparò una sella coperta da una bisaccia; e i migliori bocconi furono per lei: per lei il rognone dell'agnello, tenero e dolce come una sorba matura; per lei il cocuzzolo del formaggello arrostito allo spiedo; per lei l'uva primaticcia portata appositamente dal fratello premuroso. Si accorsero, i convitati, di queste premure quasi galanti, e cominciarono a urtarsi coi gomiti: e, come se una parola d'ordine si trasmettesse fra loro con questo gesto, un bel momento tutti sporsero verso Cosima le loro strambe forchette, fatte con stecchi di legno, ad esse infilati pezzetti di arrosto, di pane, di cacio, di tutte le vivande che si trovavano sulla mensa. Ella arrossì, ma non pronunziò parola: del resto non aveva mai parlato, durante tutto il tempo del banchetto: pareva una estranea, sulla sua a sella ricoperta dal drappo arcaico della bisaccia, coi grandi occhi silenziosi, verdi del verde scuro dell'ombra del bosco; una delle piccole fate ambigue, non sai se buone o perfide, che popolano le grotte del monte, e da millenni vi tessono, dentro, nei loro telai d'oro, reti per imprigionare i falchi, i venti, i sogni degli uomini. Era un po' stizzita, però, come una di queste fate quando le offende, per la beffa, sebbene rispettosa, dei compagni; e, appena poté farlo senza attirare oltre la loro attenzione, si volse di fianco e balzò dalla sella come da un cavallo in corsa. Si allontanò rapida, sfiorando con le braccia aperte le felci della radura, come una rondine che vola bassa all'avvicinarsi del temporale, e tornò poi in cima al dirupo donde si vedeva il mare. Il mare, il grande mistero, la landa di felci azzurre che la rondine solca a volo per arrivare in terre lontane. Così avrebbe voluto trasmigrare lei, verso i paesi di meraviglia dei racconti di Antonino; e nel ricordarsi di lui arrossì di nuovo, pensando al principe vestito nel colore delle lontananze che tutte le fanciulle aspettano. Ma i gridi aspri dei giovani rusticani, uno dei quali forse le era destinato per sposo, la richiamavano alla realtà. Si sentivano anche i fischi dei pastori, che radunavano il gregge: ogni voce, ogni suono vibrava nel grande silenzio, con un'eco scintillante, come in una casa di cristallo. Il sole calava dalla parte opposta, sopra le montagne di là della pianura, e già le capre, ancora arrampicate sulle vette, avevano gli occhi sanguigni come quelli dei falchi. Era tempo di ritornare a casa; e ricordando le sue giornate ancora fanciullesche, e le piccole storie che ella raccontava a se stessa come il grillo canta per sé la canzone, ella si sentiva, al cospetto del mare e sopra i vasti precipizi ingranditi dalle ombre rosse del tramonto, quasi simile alla capretta sulla cima merlata della roccia, che vorrebbe imitare lo slanciarsi del falco e invece, al fischio del pastore, deve ritornare nello stabbio.

E invero un fischio acuto e diverso da quello cadenzato dei pastori le arrivò come una freccia, seguito da altri ed altri, che lo imitavano con un coro beffardo. Andrea la chiamava, avvertendola che non bisognava abusare della sua indulgenza di guardiano, mentre l'irrisione dei compagni le ricordava meglio ancora che le sue scorribande non potevano essere sopportate che una volta sola dalle convenienze della comunità dov'ella era destinata a vivere. Allora ella si alzò dal suo trono di rocce, ma scosse di nuovo le braccia verso il mare, sembrandole di sfiorare le onde come prima le felci della radura; come la rondine che migra, dopo l'inverno tiepido ma sterile degli altipiani desertici, verso le terre feconde dove troverà la sua stagione felice. E sentì che questo doveva essere, poiché questa era la sua volontà.

Pane casalingo

Fare il pane in casa, come tuttora si usa in moltissime case anche borghesi delle provincie italiane, non è una cosa facile e semplice quale si potrebbe credere. Ma la fatica e la pazienza, oltre alla responsabilità necessaria alla buona riuscita dell'opera, sono alleviate dal senso quasi religioso col quale le nostre buone massaie compiono il rito. Basta osservare gli spontanei, eppur coscienti segni di croce col quale esse lo accompagnano. Mia madre, nella nostra casa di Nuoro, giunto il momento d'iniziare la faccenda, prendeva un aspetto più del solito attento, serio, quasi sacerdotale. Delle fatiche più gravose avrebbe potuto incaricare le serve; ma se ne guardava bene. Era, si direbbe, gelosa della sua prerogativa, della sua antica iniziazione. Si legava un fazzoletto in testa, come un cappuccio monacale, ed entrata nella dispensa attingeva, — è la giusta parola, — il frumento dal sacco. Con la misura di metallo, debitamente bollata e registrata, ne attingeva la quantità. Un *quarto*, due *quarti*: venticinque e venticinque litri, metà di un giusto ettolitro. Qualche volta anche tre. Versava il frumento nelle *corbule*, i flessibili e resistenti cesti di asfodelo, e lo portava sotto la tettoia del cortile: in un lucente e capace paiuolo di rame brillava l'acqua limpida anch'essa appena attinta dal pozzo familiare. Seduta su uno sgabello, mia madre lavava il grano: un po' per volta lo lavava, dentro un vaglio di giunchi, immergendolo con cautela nell'acqua, mescolandolo con la mano sottile, agile, abituata a finissimi ricami di seta e d'oro come ad ogni sorta di lavoro domestico; indi sollevava il vaglio, lo faceva sgocciolare, lo scuoteva, con un'arte che divideva nettamente il contenuto dalle pietruzze e dalle scorie: e queste faceva saltare da una parte, mentre dall'altra versava l'umido frumento in un largo canestro esso pure d'asfodelo. E così finché tutto il grano era lavato e messo ad asciugare. Una volta asciutto veniva di nuovo mondato, quasi chicco per chicco, sulla grande tavola di cucina accuratamente pulita.

E qui entravamo in ballo noi ragazze: di malavoglia, s'intende, e dopo molti richiami ed anche qualche predicozzo. Più che altro nostra madre intendeva trasmetterci la patriarcale scienza, ma invero la sua fatica a questo riguardo era più grave e molto meno efficace di quella di fare il pane. Uno spirito nuovo, ribelle a tutte le tradizioni,—lo spirito di Lucifero, diceva lei, — era entrato nel corpo irrequieto delle adolescenti, ed esse obbedivano, sì, agli ordini materni, ma nel modo stesso con cui si assoggettavano a pulire il grano, lasciando le ultime pagliuzze per far presto, con un piede a terra e l'altro agitato sotto la tavola, pronte a prendere la fuga verso l'orticello attiguo. Ogni scusa era buona per scappare nell'orticello e di lì in quelli attigui, — orti di parenti e cordiali vicini di casa, — e cogliere la prima violaciocca, e contemplare il tesoro delle nuvole di rame e di platino dell'orizzonte, che annunziava la primavera; e spingersi fino all'orlo dei ciglioni sopra la valle, ad ascoltare la voce del torrentello che chiamava alle passeggiate lungo il mite, il chiaro stradone di Orosei, che, sotto le dolcezze aspre del monte Orthobene, conduceva alle lontananze marine in fondo alle quali sorgeva il miraggio di una vita meravigliosa.

Ma poi bisognava rientrare nel cerchio della casa e della realtà, che adesso, nello spazio capovolto del tempo, prende la sua brava rivincita e appare a sua volta un miraggio di favola, di leggenda da vecchio Testamento. Il grano era stato mandato al Molino, o magari alla *mola*, l'antica macina latina tirata dall'asinello, — si credeva che la farina ne risultasse migliore di quella macinata a vapore; — e la massaia ne aspettava preoccupata il ritorno: quando questo avveniva, la mano sottile ed esperta provava, versava, palpava il contenuto delle corbe di asfodelo, preparava il largo canestro, i setacci col fondo di seta, i vagli sottili e lucenti come intessuti di fili d'oro; separava la farina dalla crusca, il fiore bianco della farina da quello bruno, il semolino dalla semola color d'avorio. Ella ne usciva tutta incipriata, pronta come per una festa. Ed ecco le diverse qualità della farina distribuite nelle corbe leggere: per il pane bianco, per quello integrale, per quello bruno, che era riservato alle serve — per i servi si faceva il pane d'orzo; ma allora la faccenda era più lunga e in collaborazione con persone di fatica, — ed era il più saporito e nutriente.

Veniva poi fuori il lievito, dal ripostiglio dove, entro una scodella dorata che sembrava un vaso sacro, lo si conservava dall'una all'altra cottura del pane; e sopra il mucchio che lo accoglieva e seppelliva, sciolto come una linfa vitale, la mano bianca di farina segnava una croce: croce che veniva ripetuta sul viso prono come a specchiarsi nel cerchio della corba preziosa.

Passa la notte: la massaia dorme e vigila nello stesso tempo: al primo canto del gallo balza in piedi, chiama sommessa la serva, fa chiamare le ragazze.

Ahi, dolore del pane conquistato non col sudore della fronte, specialmente se l'ora antelucana è fredda e magari i tetti sono guarniti del pesante monile delle stalattiti; bensì dolore del soave sonno lacerato con violenza, della rabbia dell'impotente rivolta contro la "barbarie" delle abitudini primordiali, accompagnata da sbadigli e da silenziosi anatemi. Ma poi, a poco a poco, la sofferenza si scioglie quasi in allegria. Il caffè sveglia ed eccita le giovanissime lavoratrici; e meglio ancora la serva anziana, che ricomincia a tirar fuori dal sacco della sua memoria tutte le leggende, alcune veramente tipiche e divertenti, del pane e delle focacce. San Pietro, e fate e stregoni, vi agiscono qualche volta con irriverenza (San Pietro è facile allo sdegno e alla vendetta, e fa andare a male il pane della massaia avara, e fa bruciare le focacce pasquali della ricca padrona che scaccia in malo modo i mendicanti), tanto che nostra madre, dopo aver intriso con grandi segni di croce la farina e distribuito la pasta grezza alle ragazze pronte, dichiara che non vuol più sentire queste storie. La serva è incaricata di accendere il forno; lo accende, con frasche di ginepro e di lentischio, e il fumo che ne scaturisce ricorda, col suo vapore odoroso, le sere d'autunno, i dissodatori che preparano la terra per la seminagione, tutta la fatica, la fede, la speranza dell'uomo che lavora per tener vivo il mistero della sua esistenza nel mondo. Le ragazze si scaldano, si dimenticano, snodate dal movimento delle loro esili persone; il sangue riprende il corso accelerato delle ore di ginnastica, e quasi con istinto atavico esse riescono a gramolare abilmente la pasta, a renderla carnosa e calda, viva e come palpitante del loro contatto, — qualche vescica alla palma delle mani dimostra la loro volontà di sacrifizio, — a tirarla col matterello in tante grandi lune dorate o in cerchi ritagliati come diademi pesanti, e, plasmato così il pane, a collocarlo per un nuovo fermento tra una piega e l'altra dei lunghi *panni di spiga*, cioè di lino grezzo, che da generazioni si conservano in casa per questo uso esclusivo.

Al momento opportuno mia madre sollevava il panno e vi scrutava dentro, come se fra le pieghe riposasse un bambino dormente: dall'odore, direi dall'alito del pane ne sentiva la giusta fermentazione, e allora, senza parlare, senza darsi importanza, sedeva lei davanti al forno, come alla prua di una barca, con le pale per remi, e, dopo averne bene spazzato il fondo, infornava il pane: uno per uno quello stirato sottile rotondo, che si gonfiava e poi veniva spaccato in due fogli e biscottato, e formava la *carta di musica*, come lo chiamavano i forestieri, forse per il suo colore e la sua delicata eppur resistente friabilità, e durava intere settimane, croccante, dolce come una galletta, gioia dei forti denti giovanili e sani, (i vecchi lo ammollano, ed è buono lo stesso); tutto in una infornata il pane a cerchio o a micche, che per lo più, però, si usava solo per le grandi occasioni. E mentre questo veniva deposto in un largo canestro, la carta di musica si elevava, un foglio su l'altro, in colonna; e tutta la provvista conservata all'asciutto, nella dispensa che sembrava, per le sue svariate riserve, il deposito dell'arca di Noé.

Del pane fresco, intanto, ne veniva mandato uno o due in regalo a parenti e vicini di casa, che a loro volta lo restituivano nei giorni della loro *cottura*: se capitava un amico, od anche un occulto nemico, e soprattutto un povero o un mendicante, si ripeteva l'offerta; e se il mendicante arrivava per caso di lontano ed era sconosciuto, mia madre e le donne, e forse anche qualcuna delle spregiudicate signorine, pensavano, con un segreto brivido, che potesse nascondere la persona di *Lui*. Lui! Il solo che può prendere migliaia e migliaia di forme per provare il cuore del prossimo: Lui, che scelse appunto il pane per la sua comunione d'amore con l'uomo.

L'angelo

L'appuntamento era alle cinque, in cima al molo. Alle cinque, verso la fine di ottobre, il sole è già basso sull'orizzonte, sopra la pineta violacea e rossa di tramonto: ma c'era abbastanza tempo per fare appunto una passeggiata in pineta, o procurarsi qualche altro modo per stare assieme almeno un paio d'ore. Assieme, in un incontro alla superficie innocente e luminoso come quel mare calmo e già freddo dove le paranze uscite dal porto si riflettevano come in un vero specchio: alla superficie: ma sotto? Come il mare più celestiale copre gli abissi e i mostri più infernali, così è un amore che non ha uno sbocco se non nel peccato. E che altro sbocco poteva avere la relazione fra un'operaia e un ricco giovine signore? Ma lui era un sensuale, sciocco e momentaneamente innamorato, e lei aveva il dono della bellezza e la forza dell'ambizione.

Uscendo dalla piccola fabbrica di maglie, dove lavorava a cottimo, scese per il viale deserto che conduce al mare. Aveva una falsa volpe nera intorno al collo, sul vestito scuro succinto che lasciava vedere le belle gambe e indovinare le linee del corpo perfetto; e se la stringeva al viso quasi per tentare di nascondersi. E camminava rapida, come fingendo di tornare a casa, nell'umile borgo dei pescatori, dove viveva con la nonna, poiché il padre era morto in un naufragio, e la madre poco dopo, stroncata dal dolore; ma in realtà aveva detto alla vecchia che sarebbe rimasta fino al tardi nella fabbrica; e si diresse quindi alla spiaggia. Era più sicura la spiaggia, in quell'ora e in quel tempo assolutamente deserta.

Tutti i villeggianti erano andati via; le ville chiuse, tranne quella, in forma di castello, del giovine signore, che vi era rimasto solo, e in quei bei mattini di ottobre, — quando il mormorio di conchiglia della bassa marea accompagnava le cantilene dei vecchi raccoglitori di *poverazze*, e in lontananza, dalle vigne azzurre e dai campi arati arrivavano le voci dei contadini che aizzavano i buoi, — si affacciava ancora al balcone, in pigiama di seta celeste, come il principe della leggenda.

La ragazza sapeva che era rimasto per lei, che la voleva, che l'aspettava quel giorno, per "concludere" qualche cosa. Che cosa si poteva concludere? Tutto e nulla. Forse dipendeva da lei, dalla sua volontà, ma anche dalla passione malsana in cui si sentiva travolta: poiché l'uomo non le piaceva molto, ma le piacevano i suoi milioni. E dopo tutto era libera: c'era la nonna, ispida e umiliata come una scopa vecchia, c'erano i pochi parenti, tutti uomini di mare, statue di stracci e di sale, sempre alle prese con la povertà e con la morte: che potevano farle?

Forse anche rallegrarsi della sua fortuna. Tuttavia procedeva guardinga, ricordando però molti esempi, viventi e vicini, di relazioni simili alla sua, se non peggio, oh, molto peggio anche; e il mondo camminava lo stesso: e lei era stanca della sua vita miserabile, e giacché s'era presentata l'occasione, dopo tante altre occasioni modeste o addirittura meschine, voleva profittarne.

La spiaggia era deserta, l'arenile duro come una strada battuta: fin di là si vedeva nitida, sulla punta del molo, la figura nera di un uomo. Ella affrettò il passo, leggera e trepida. Le pareva di volare, sulla linea perlata del mare, come una rondine marina che insegue il suo compagno.

Ma d'improvviso si sentì inseguita, raggiunta, non sorpassata, più che da un passo da un soffio, come appunto di ali: e lievemente trasalì, quando alla sua destra, a poca distanza, vide una ragazza, quasi una bambina, capelli corti e lisci, di un biondo di rame, fasciati da un nastro azzurro. Anche il vestito, ancora estivo, era azzurro; e anche il profilo, le braccia esili e nude, le gambe nude, sottili come ceri, i sandali di pelle bianca, avevano una luminosità azzurra, come se tutta la figura di lei fosse balzata dal mare. Non doveva essere una villeggiante, una frequentatrice della spiaggia, perché, sotto quella vaporosità incorporea, la sua pelle era bianca, quasi trasparente come l'alabastro. Gli occhi,

49

l'altra non glieli vide, anche perché li sfuggì, nascondendosi di nuovo il viso con la sua volpe tenebrosa. Del resto la fanciulla, pur camminandole a poco più di due metri di distanza, pareva non la vedesse: a volte si piegava a raccogliere una conchiglia o un osso di seppia, che lasciava ricadere sulla sabbia: e allora sembrava proprio una bambina.

E l'altra cominciò a infastidirsi: ecco passata l'ultima villa, ecco la duna che precedeva i macigni di sostegno del molo: adesso si vedeva chiara, sul cielo d'argento azzurro, la figura del giovine, fanciullesca, in costume sportivo, e anche quella di un cane che egli teneva al guinzaglio. Come attirato dallo sguardo della ragazza, egli mosse per venirle incontro, ma quando fu a metà della palizzata si fermò, incerto, e aspettò che salisse lei la duna e s'inoltrasse sul molo. Certo, vedeva la signorina dal vestito azzurro, che pareva si accompagnasse amichevolmente all'altra, e si fermava con prudenza. Poiché neppure lui voleva che la gente molto pettegola del paese chiacchierasse delle cose sue, e queste cose venissero poi riferite a papà e mamma. D'un balzo, indispettita, la ragazza della volpe salì la duna, fu sulle pietre del molo: sperava che l'importuna tornasse indietro; ma la vide che saliva anche lei, più leggera di lei, la piccola duna e si librava sull'orlo della palizzata, azzurra sull'azzurro del mare, quasi irreale.

Che fare? Non le si poteva certo impedire di fare il comodo suo: la passeggiata era di tutti, e anche un gruppo di ragazzi irruppe dalla strada erbosa che andava verso il borgo dei pescatori. Ma di essi la ragazza non aveva soggezione: erano troppo presi da loro stessi per badare a lei: quella invece, l'importuna, sempre alla sua destra, sull'orlo del molo, le sembrava una spia pericolosa, quasi una rivale gelosa che la seguisse per far magari, al momento opportuno, uno scandalo. Del resto il giovine sembrava più preoccupato dei ragazzi del borgo che della signorina in celeste: pareva non la vedesse neppure, un pò chino come a guardare i pesciolini allegri che affioravano sull'acqua trasparente, in una rete d'oro che ondulava intorno ad essi senza volerli pescare. Anche il cane, piccolo e duro, li guardava: ma i suoi occhi, pur riflettendo il lucente gioco dell'acqua, sembravano, nella bautta marrone che li circondava, attoniti e tristi come quelli della volpe della ragazza.

Ella d'un tratto, impazientita, se la tolse, questa volpe, e la sbatté; poi sedette su uno dei ceppi levigati dei pali che circondavano l'estremità del molo, e sollevò il viso con aria di sfida, anzi con un pò di sfrontatezza. L'altra sedette anche lei, due ceppi distante, e le voltò un pò le spalle guardando il tramonto. Sullo sfondo ardente, dentellato dal profilo della pineta, ella parve disegnarsi su una lamina d'oro, con l'estremità azzurra del vestito sciolta nell'azzurro del mare. E gli occhi non si vedevano mai, anche se adesso l'altra li cercasse coi suoi, cupi e avidi di peccato, di dispetto, col riflesso del sole che pareva li iniettasse di sangue.

E perché quel badalucco rimaneva impalato là in mezzo alla palizzata, con la catenella del cagnolino da signora fra le dita intrecciate sulla martingala della sua giacca, anch'essa di taglio femineo? Ebbe voglia di avvicinarlo, di sollecitarlo lei: ma d'improvviso sentì vergogna e anche umiliazione: e forse anche un po' di orgoglio. Le pareva che l'altra sapesse tutto, di lei e dei suoi cattivi propositi, e dentro di sé la irridesse: questo, più che l'ambiguo contegno del giovine, la irritava e l'umiliava. Ma questa stessa contrarietà le fece, per un momento, apparire il quadro grigio della casetta, ove la nonna, povera e irsuta come una vecchia bestia da fatica, puliva il pesce per la loro cena: povera e irsuta, sì, ma col peso degli anni e dei lunghi dolori, e della pazienza e dell'amore, gettato sulla schiena come il sacco del frumento sulla groppa dell'asino.

Il sole intanto andava giù, rosso infocato; anche il mare si faceva rosso, e il vestito azzurro risplendeva, ma come rischiarato dallo splendore interno del corpo della sconosciuta. E, oramai sicura ch'ella non se ne sarebbe andata, l'altra le volse anche lei le spalle e guardò le paranze si libravano fra cielo e mare, sul tremulo fuoco dei loro riflessi. E là erano gli uomini della sua razza, le statue di stracci e di sale, sempre in lotta con la povertà e la morte: ma in questo momento anch'essi risplendevano come statue d'oro.

La prese una specie d'incantesimo; ricordò la notte in cui suo padre era stato divorato dal mare. Qualche cosa, però, la trasse subito dall'abisso spaventoso di questo ricordo; le parve di cadere, come si cade nei brutti sogni, e di svegliarsi di soprassalto col sollievo di aver solo sognato.

Allora si volse e vide che l'uomo se n'era andato e sentì un disgusto, un profondo disprezzo per lui; e nello stesso tempo un senso di gioia per constatarne in tempo la vigliaccheria.

Si alzò; guardò in viso la fanciulla che rimaneva al suo posto, ma aveva volto finalmente gli occhi verso di lei. E anche questi occhi erano azzurri, di quell'azzurro che si vede negli archi vuoti in cima ai campanili.

Anni dopo, quando anche lei veniva al molo per aspettare il ritorno delle paranze, di una coppia delle quali era padrone il rude e arguto marito, e lei, una volta, gli raccontò a modo suo l'avventura, egli le disse, sorridendo: — Era l'angelo custode.

La melagrana

Era una domenica, di novembre. La serva del Paradiso doveva avere anche lei, per l'arrosto festivo, spennacchiato piccioni e pollastrelle, perché il cielo, bianchiccio come un'aia pulita, era sparso di piume violacee e lionate. La stiratrice del quartiere, che quel giorno non doveva lavorare, lavorava il doppio: aveva lavato, nella vasca per il bucato, i suoi sette bambini, li aveva cambiati e, con in mano ciascuno un pezzo di pane e una fetta di ricotta, lasciati uscire nella strada: e adesso lavava le loro vesti, nell'acqua già insaponata e oleosa del loro santo sudiciume. Aveva mal di denti, ma era contenta lo stesso, perché il marito stagnaio aveva mandato i soldi dall'Africa; e orgogliosa dei suoi bambini sani e puliti, che si erano addossati in fila, come in un altorilievo, sul muro color creta del giardino del Commendatore: le pareva, anzi, di sentire una voce cantare, in lontananza, nella lontananza della sua fanciullezza, con un tono dolciastro e irreale come quello del cielo sopra il giardino: era la radio del Caffé del Dopolavoro, in fondo al campo del pattinaggio.

La strada è di tutti. E dunque uscirono ben presto i figli del fornaio, e i due maschietti del lucidatore di mobili. Questi due erano i più meschini, sporchi e, sembrava, affamati. Ma si capiva perché: la madre era morta di mal di petto, il mese prima, e adesso badava a loro una parente anch'essa malaticcia e stanca: ad ogni modo tutti erano pronti a gridare, ad arrampicarsi dove si poteva, e sopra tutto a darsi le botte: e la battaglia sarebbe presto cominciata se in fondo alla strada, dove finiva il muro del giardino, non fosse apparso il nemico comune.

Nemico temuto e temibile, per la sua audacia, ma anche per un certo suo colore misterioso.

Era tutto nero, con un grembiale che aveva il luccicare duro e unto del carbon fossile; solo i capelli erano color terra, opachi e umidi, come se egli, sbucando da una miniera intatta, avesse sfondato con la testa l'ultimo strato di argilla. E da una specie di cava egli invero sbucava; perché era il figlio del carbonaio.

Come i ragazzini del lucidatore di mobili, neppure lui aveva, per la pausa festiva, mutato vesti; e neppure s'era lavato, cosa per lui perfettamente inutile; ma lo spirito della giornata gli turbinava dentro, con una voglia ebbra di fare cose cattive, di sentirsi libero del demone che per sei giorni della settimana lo schiacciava coi sacchi del carbone portati a spalla, demone a sua volta. Un'occhiata gli bastò per avvolgere in un principio di gas asfissianti l'orda nemica; specialmente le bambine, che pure avevano per lui l'ammirazione morbosa che si ha per il figlio dell'orco: le bambine che conoscevano, sulla pelle bianca delle loro braccia, i mazzolini di violette delle ecchimosi dei pugni di lui. Appena lo videro si strinsero meglio al muro, mentre i maschi si schieravano loro davanti: tutti disposti al coraggio, alla lotta.

Ma una cosa insolita avviene. Arrivato a metà del muro, il ragazzo si ferma, spalanca gli occhi, con un baleno di cristallo, li richiude, fa un cenno di sì con la testa, come rispondendo a una sua fulminea domanda: e apre la bocca, coi denti di smalto che riflettono la luce. E con un solo slancio balza sul muro, scavalca la bassa cancellata, si lascia andar giù, come un sacco vuoto del suo carbone. Il gruppo avversario non si sorprende: anzi, dimenticando la difesa delle bambine, le strapazza per veder meglio dentro il recinto: sebbene sappia già di che si tratta.

Si trattava che nell'ultima settimana un uragano aveva, con una violenza da esercito in guerra, devastato il giardino. Le foglie erano quasi tutte cadute: quelle della paulonia pendevano come stracci dalle fronde stroncate; e quelle del fico nano, che con le contorsioni grottesche dei suoi rami rappresentava il buffone del giardino, sembravano pipistrelli addormentati. Così il luogo aveva perduto alquanto il suo richiamo di piccolo paradiso terrestre, di paradiso perduto per la razza dei bambini poveri del quartiere, ma in cambio si vedevano, non più velati dal ricco fogliame, alcuni frutti meravigliosi: gli ultimi cachi, rossi e lucidi come bocce di corallo; e la prima melagrana del giovane albero, che la offriva in mostra, rossastra, dura e col capezzolo spaccato, con una insolenza provocatrice.

Era quello che ci voleva, quel giorno, per il figlio del carbonaio: strisciando come il serpente fra i cespugli si avvicinò alla pianta, vi si allungò, tese il braccio: il frutto cadde, come una meteora, fra lo scintillare dorato delle foglie che l'accompagnavano: il ragazzo se lo cacciò in tasca e fuggì via, correndo quasi carponi sotto il muro, mentre una voce tonante, simile a quella che scacciava appunto i nostri padri dal paradiso terrestre, risonava dall'alto di una finestra. Ma quando il servo del Commendatore venne giù, in giacchetta azzurra e scarpe di feltro, il vero ladro era sparito, e due dei suoi disgraziati ammiratori, i figli del lucidatore, tentavano di seguirne la traccia, quasi fiutando l'odore del frutto proibito. L'uomo li conosceva bene tutti, quelle canaglie figli di canaglie; inseguì dunque questi due, d'impeto, li afferrò con le dita, come con un rastrello, per le orecchie e i capelli, fece atto quasi di sbatterli uno contro l'altro come faceva con le pantofole del padrone, poi se ne lasciò sgusciare di mano uno, il più grande, per meglio pestare a pugni e schiaffi l'altro, che allungava il collo faceva un viso di gatto strangolato.

— Non siamo stati noi, — gridò correndo in avanti il fratello.

— Chi è stato dunque, mascalzoni?

Ma nessuno di quelli che lo sapevano fiatò: forse per un istinto di omertà, forse per vendicarsi in qualche modo dell'uomo che picchiava. Passò però una piccola suora di porcellana nera e bianca, con un po' di azzurro negli occhi e un po' di viola sulle labbra, e volle rendere giustizia. Una melagrana? Sì, aveva veduto un ragazzo alla svolta della strada, che spaccava contro il muro una melagrana e la mordeva. Ma neppure lei disse chi era.

Così il servo lasciò il ragazzo, che corse via piangendo verso casa, ma per non prenderne ancora dalla zia, — il padre fortunatamente non c'era, — si rifugiò coi bambini della stiratrice nell'antro di questa. Tutti dentro, come pulcini spauriti dal passaggio del nibbio: tutti bianchi come la ricotta appena finita di mangiare. La zia però, col viso livido, venne a cercare i ragazzi, e avrebbe finito lo scempio se il piccolo nipote non si fosse d'un tratto piegato in avanti, stringendosi con le mani il ventre. E vomitò: vomitò un liquido rosso che colorì il pavimento bianchiccio di varechina. Le due donne si guardarono con terrore: poi la stiratrice mise la mano sulla fronte del ragazzo, aiutandolo a finire di sputare sangue e saliva. Mormorava: — Non è nulla, non è nulla, — ma tremava tutta, e quando il ragazzo fu adagiato su una sedia, vuoto e sudato come una camicia bagnata, ella spazzò con la scopa intrisa di varechina la pozza del sangue, accanendosi come per far sparire il segno di un assassinio.

L'altro fratello intanto, spinto da un furore di paura e di rabbia impotente, correva dietro il ladro: lo vide che risaliva la strada succhiando metà della melagrana, e con l'altra raschiando il muro; e questo evidente disprezzo del frutto proibito accrebbe la sua esasperazione. Cercò e trovò un sasso, lo lanciò giusto sulle spalle del malfattore: lo vide trasalire, e senza fermarsi, anzi correndo nel sentirsi inseguito, sputare anche lui qualche cosa che sembrava sangue: erano il succo e i chicchi masticati della melagrana. Della quale buttò via i residui, che potevano accusarlo. L'altro li raccolse, li pulì contro la sua giacchetta, ma cercando di nasconderli; e fuggì via in senso inverso al nemico. Dalla porticina della stiratrice vide, fra il gruppo dei bambini e delle donne pietose, il fratello che pareva un piccolo Cristo deposto col vestito sanguinante e il visino lilla stranamente invecchiato. E quando, per tentare in qualche modo di rianimarlo, gli avvicinò alle labbra uno spicchio della melagrana, dal quale aveva scorticato la buccia scoprendo i chicchi di perle granate, vide quel viso riprendere un respiro di vita, sì, ma con un brivido di raccapriccio: poiché il frutto, aspro, bastardo, aveva proprio il sapore della spugna con cui fu abbeverato Gesù.

Il ciclamino

Appena sbocciato, il ciclamino vide uno spettacolo che molti poeti, anche celebri, non hanno mai veduto. Vide una notte di luna in montagna. Il silenzio era così fondo che il ciclamino udiva le goccie d'acqua, raccolte dalle foglie dell'elce che lo proteggeva, cadere al suolo come versate da piccole mani.

La notte era limpidissima e fredda. La montagna bianca e nera, come un immenso ermellino addormentato. Il suo profilo d'un bianco violaceo scintillava sul cielo azzurro. Non era troppo alta, quella montagna: i boschi la coprivano fino alla cima; le roccie, coperte di neve, vedute da vicino sembravano blocchi di marmo intorno ai quali un artista gigante avesse tentato d'abbozzare strane figure.

Ve n'era una, per esempio, che pareva un lupo enorme, col muso rivolto al cielo; e un fil di fumo che usciva dalla roccia e sembrava esalato dalla bocca della strana bestia, accresceva l'illusione. Dal suo cantuccio umido e riparato, il ciclamino vedeva le roccie, gli alberi, la luna, e uno sfondo azzurro coi profili di altre montagne lontane. La luna calava sopra queste montagne. Tutto era silenzioso, puro e freddo. Le stelle avevano tremiti e splendori insoliti: pareva si guardassero le une con le altre comunicandosi una gioia ignota agli abitanti della terra. Il ciclamino sentiva un po' di questa gioia; e anch'esso tremolava sullo stelo; e non sapeva cosa fosse, e non sapeva ch'era la gioia che fa scintillare il diamante e l'acqua della sorgente: la gioia di sentirsi puro.

E questa felicità durò a lungo; molto più a lungo della gioia di molti uomini felici: durò un'ora!

A un tratto il ciclamino vide una cosa strana, più meravigliosa ancora delle roccie bianche, degli alberi neri, le stelle scintillanti. Vide un'ombra che si moveva. Il fiore aveva creduto che tutto, nel suo mondo, fosse immobile, o tremulo appena: invece l'ombra camminava. E dopo la meraviglia, il ciclamino provò un senso di terrore. L'ombra si avvicinava, sempre più grande, ergendosi sullo sfondo azzurro, fra i tronchi neri; ed era così alta che nascondeva tutta una montagna ed arrivava fino alla luna.

Era un uomo.

Di tanto in tanto l'uomo si fermava sotto gli alberi si curvava e pareva cercasse qualche cosa nell'ombra. Arrivato sotto l'elce si curvò, guardò e cominciò a frugare tra le foglie marce che coprivano il suolo. E il giovane fiore s'accorse che l'uomo aveva trovato quello che cercava; una pianticella di ciclamino.

Dopo la sua ora di vita, sicuro di aver veduto tutto ciò che di più bello e di più terribile esiste nell'universo, il ciclamino si rassegnò a morire.

L'ombra nemica sradicò la pianticella, lasciando intorno ai bulbi un pò della terra che li nutriva. Il ciclamino allora si accorse che l'ombra nera non rappresentava la morte: anzi all'improvviso gli parve di vivere una vita più intensa, se non altrettanto felice come quella già vissuta.

Con tutta la sua famiglia di foglie, coi suoi fratellini non ancora sbocciati, il fiore si trovò in alto, vide meglio il cielo, le stelle, abbandonò l'elce natìo, si mosse da un punto all'altro della montagna.

Gli pareva di aver la grande potenza di muoversi, come l'uomo che lo portava entro la sua mano concava. E provò una viva riconoscenza per colui che gli procurava tanta gioia.

Arrivarono sotto la roccia che sembrava un lupo. L'uomo penetrò in una grotta che pareva davvero il cuore di un lupo, nera, aspra, piena di fumo; e dopo aver deposto la pianticella su una sporgenza della roccia, si curvò per riaccendere il fuoco. E il fiorellino, che ricominciava a disperarsi, vide allora un'altra cosa meravigliosa. Vide il tronco nero di un elce convertirsi in fuoco, e le fiamme scaturire dai rami come grandi foglie d'oro scosse da un soffio ardente.

L'uomo si sdraiò accanto al fuoco e dal suo cantuccio il fiorellino lo vide addormentarsi e lo udì parlare in sogno. E la voce dell'uomo gli parve un'altra rivelazione. Poi un fischio tremolò fuor della grotta, un cane abbaiò, l'uomo sollevò il capo.

Un altro uomo entrò nella grotta: questo era giovane, alto e vestito di panno rosso e di pelli nere; il suo viso scuro, ma dagli occhi azzurrognoli e dalla barba rossiccia, aveva qualche cosa di dolce e selvaggio nello stesso tempo.

— Compagno, — disse, appena entrato — credo che stanotte prenderemo la volpe.

Il vecchio sollevò il viso, interrogando.

— Ho veduto le tracce! — riprese il giovane.

I due uomini non dissero altro, ma anche il vecchio balzò in piedi. Ed entrambi stettero lungamente in ascolto. Ma l'ora passava, e al di fuori il silenzio della notte era sempre intenso e profondo: per un momento sull'apertua della grotta apparve la luna, come un viso pallido dagli occhi grigi curiosi, poi sparve e fuori regnarono le bianche tenebre della notte nevosa.

— Non viene più! — disse il vecchio — Ed io devo scendere! Come sta la piccola padrona?

— Male: forse morrà stanotte.

— E tu non me lo dicevi! Devo scendere! Devo portarle il fiore!

— Che fiore?

— Un fiore di pamporcino. Nel delirio, ieri, ella non domandava altro. Si immagina di ricamare una pianeta e vuol copiare il fiore. Bisogna contentarla. Vado.

Il giovane disse:

— Ah, una pianeta! — e sorrise con un sorriso malizioso. Ma poi sollevò il capo, mormorando — Sentite?…..

Un cane abbaiava: un altro rispondeva in lontananza. I due pastori balzarono fuor della grotta: s'udirono fischi, urla, gridi più rauchi e feroci dell'abbaiar dei cani. La fiamma cessò di tremolare, come ascoltando: il ciclamino si ripiegava ansioso tra i suoi fratellini addormentati. I due uomini rientrarono, trascinando a viva forza un giovinetto dal viso livido e i folti capelli neri crespi, legato con lacci di cuoio, fra i quali egli si dibatteva disperatamente. I tre uomini tacevano, ma il loro respiro ansante, quasi sibilante, rivelava tutta la loro rabbia. La scena era bella e terribile: ricordava il mondo delle caverne, l'uomo in lotta col suo simìle.

Il prigioniero fu portato in fondo alla grotta, legato meglio, con corde di pelo e con una soga la cui estremità venne fermata al suolo con una pietra. Egli non si dibatteva oltre; appoggiò il capo scarmigliato al suolo roccioso della grotta e chiuse gli occhi: e parve morto.

Il vecchio allora disse, guardandolo e fremendo di collera: — Una, due, tre volte te la sei scampata. Ora però il mio gregge non lo decimerai più! Ora vado ad avvertire la giustizia.

E dopo essersi rapidamente infilata alle braccia una borsa di cuoio che gli formò sulle spalle una specie di gobba, uscì concitato.

Appena egli fu uscito, il prigioniero aprì gli occhi e sollevò il capo ascoltando. I passi del vecchio non si udivano più. Il giovane dalla barba rossiccia sedeva per terra, accanto al fuoco, e pareva triste.

Il prigioniero lo guardò e disse una parola: — Ricordatevi!

L'altro stette immobile e muto. Il ladro ripeté: — Ricordatevi! Una volta, nella notte di San Giovanni, due ragazzi di diversi paesi pascolavano il gregge sotto la luna. Si volevano bene come fratelli. Il maggiore disse: «Vogliamo diventar compari di San Giovanni?» E giurarono di essere fratelli, per la vita e per la morte, e specialmente nell'ora del pericolo. Poi diventarono grandi e ciascuno andò per la sua via. E una volta il maggiore andò a rubare e fu preso e dato in custodia al giovane che per caso s'era trovato nell'ovile. E bastò che il prigioniero dicesse: «Ricordati!», perché l'altro, senza badare al danno che gliene sarebbe venuto, lo slegasse e lo liberasse. Ricordatevi!

Il pastore rispose, sfuggendo lo sguardo del prigioniero: — Era altra cosa, compare! Voi non eravate servo come lo sono io. Prima del compare è il padrone!

— Prima del padrone è il fratello: e il compare di S. Giovanni è un fratello.

L'altro non rispose: ma con gli occhi fissi nella fiamma parve immergersi in un sogno.

— Siamo tutti soggetti all'errore, — disse il ladro. — E chi fa questo e chi fa quello! Siamo nati con la nostra sorte. E il vostro padrone non ha le sue magagne? È l'uomo più superbo della terra. È lui che fa morire sua figlia vostra piccola padrona. E lei non è colpevole, del resto? Non dicono tutti che muore perché è innamorata di un prete? No? Ah, voi dite di no? Voi dite che il giovane s'è fatto prete per disperazione, perché non gli hanno dato in moglie la ragazza? Sia pure così: ma lei doveva cessare di volergli bene. Invece se ne muore…

— Ah, ecco perché… La pianeta… il fiore di pamporcino! — disse ad un tratto il pastore. E s'alzò, e slegò il prigioniero che senza neppure dir grazie balzò su e scappò.

Rimasto solo, il pastore prese la pianticella di ciclamino, corse fuori, balzò di roccia in roccia, scese per un sentiero, cominciò a gridare, chiamando a nome il vecchio. Questi rispose in lontananza. E le voci dei due uomini, sempre più vicine s'incrociavano nel silenzio della notte.

— Avete dimenticato il fiore!

— Hai lasciato solo quel demonio! Dammi! Va, ritorna…

— Ho pensato che la piccola padrona….

— Va, ritorna subito là.

La pianticella passò nella mano concava del vecchio, e si trovò bene come in un vaso tiepido e capace. Il vecchio camminava rapido e sicuro giù per i sentieri rischiarati dal chiarore della neve come da un crepuscolo grigiastro.

Finalmente arrivò ai piedi della montagna: e il ciclamino vide un luogo più triste e più buio della grotta: era un luogo abitato dagli uomini, un villaggio.

Il vecchio batté ad una porta; venne ad aprire una donna vestita di giallo e di nero, pallidissima in viso.

— Come sta la piccola padrona? Le ho portato il fiore che voleva copiare per un ricamo.

La donna diede un grido sibilante e cominciò a strapparsi i capelli.

— La piccola padrona è morta!

L'uomo non pronunciò parola; ma entrò nella vasta cucina e depose la pianticella sulla cassapanca ove la piccola padrona soleva sedersi per cucire e ricamare. Nelle stanze attigue risuonavano gridi di donne simili ai delle antiche prefiche.

Il vecchio se ne andò. E lunghe ore passarono. Il fuoco si spense nel focolare: un uomo vestito di velluto venne a sedersi sulla cassapanca, e stette a lungo immobile senza piangere, senza parlare.

Poi arrivò il servo dalla barba rossiccia, e cominciò a raccontare sotto voce la storia del ladro e del ciclamino.

— Mentre io portavo il fiore al vecchio il ladro ha trovato il modo di slegarsi e fuggire. Invano l'ho cercato: ho corso tutta la notte. Ora il vecchio dice che la colpa è mia, e che lei, padrone, mi manderà via.

L'uomo vestito di velluto non capiva bene la storia del ciclamino.

— Un ricamo? Una pianeta? Per chi?

Il servo da pallido diventò rosso. Abbassò ancor di più la voce: — Dicono…. La pianeta per la prima messa di prete Paulu…

Un fugace rossore colorì il viso scialbo del padrone. Egli guardò la pianticella, poi disse al servo, con voce aspra: — Ritorna all'ovile.

L'altro uscì mormorando: — Il Signore le conceda ogni bene…

Ma l'uomo vestito di velluto parve non udire l'augurio. Appena fu solo afferrò la pianticella e strinse i denti con rabbia. E il ciclamino vide arrivata la sua ultima ora. Ma l'uomo vestito di velluto aprì la mano, guardò le foglie piegate, il fiorellino languente, e pianse. E così, prima di morire, il ciclamino, che aveva veduto tante scene belle e terribili, provò un vivo stupore, un brivido, una commozione simile a quella che aveva provato mentre sbocciava. Gli pareva di rivedere le stelle, di trovarsi ancora sulla montagna, di sentirsi, entro le mani di quell'uomo ancora lieto e puro come entro la terra madre.

E tutto questo perché raccoglieva tra i suoi petali la lagrima di un uomo superbo.

La terrazza fiorita di rose

La duchessa Di Torres ricordava che nella sua lontana giovinezza quando voleva attirare nel suo salone uomini famosi per intelligenza o per galanteria usava far loro sapere, in modo garbato e indiretto, che al ricevimento avrebbero preso parte giovani e belle donne.

Adesso, vecchia di ottant'anni, ma ancora arzilla e maliziosa, vigile e giovane di spirito nonostante la solitudine in cui la sua fortuna alquanto diminuita la costringeva a vivere, in una sua villa campestre, metteva in opera lo stesso mezzo per attirare i suoi numerosi nipoti, quasi tutti brillanti ufficiali sparsi nei vari reggimenti dell'esercito italiano. Quando sapeva che qualcuno di essi andava in licenza, scriveva invitandolo nella sua villa, almeno per otto, almeno per tre, almeno per due giorni, e non mancava di accennare a qualche sua ospite giovane e bella. Conoscendo l'umore dei suoi discendenti, l'ospite variava a seconda: per cui al suo ventenne pronipote Beniamino (di nome e di fatto) scrisse che l'ospite era la pronipote di una sua amica di giovinezza, un pallido fiore di loto galleggiante ancora nelle limpide acque di una purissima fanciullezza.

Beniamino aveva dunque venti anni: figlio unico d'una nipote della duchessa e di un ricco industriale, allevato fra l'incuranza paterna e lo sfarzo e l'indolenza materna, ne aveva fatto di cotte e di crude: nel suo attivo c'erano molte cattive amicizie, un tentativo di fuga dalla casa dei genitori, bocciature che ogni anno maturavano con le zucche, tre anni di collegio militare, debitucci di gioco e altre piccole cose: con tutto questo, già sottotenente di cavalleria, bel giovane con un metro e settanta di statura e novantotto centimetri di torace, Beniamino non conosceva quasi ancora la donna e sognava una fidanzata della quale voleva essere il primo e l'ultimo amore.

E la duchessa lo sapeva.

Beniamino non amava la vita militare, che è un pò come la luna, brillante di lontano e aspra e pietrosa da vicino: quindi non amava neppure la divisa: quindi si vestì in borghese per andare dalla duchessa.

Il viaggio era lungo e noioso: per fortuna egli riconobbe in treno un suo compagno di collegio, anche lui appena uscito dalla scuola allievi-ufficiali; e fra i racconti, le spacconate, le narrazioni di avventure galanti straordinariamente fantastiche, e sopratutto le storielle spiritose le ore passavano rapide e inavvertite come i paesaggi fuori dei finestrini dello scompartimento. Basti dire che a poco a poco anche gli altri viaggiatori si misero ad ascoltare come incantati; e di tratto in tratto una risata generale faceva coro al recitativo dei due. Per dare un'idea di questi meravigliosi racconti basta riferirne uno, inventato o plagiato dal compagno di collegio.

— Dunque si deve sapere che in Francia i trasporti funebri in ferrovia costano enormemente: allora, due fratelli di nobile famiglia decaduta, dovendo far trasportare da Lione a Parigi un terzo loro fratello morto, pensarono di vestirlo di tutto punto e in carrozza lo condussero alla stazione: poi lo presero sotto braccio, uno da una parte l'altro dall'altra, e lo portarono in uno scompartimento ancora vuoto, lo adagiarono bene in un posto d'angolo, col cappello tirato sugli occhi, in modo che pareva dormisse, e per non dar sospetto, loro si misero in uno scompartimento molto avanti. Or ecco che ad un'altra stazione sale un viaggiatore e prende posto nello scompartimento del morto. Bisogna avvertire che era notte e mezzo treno dormiva: quindi il viaggiatore non si meravigliò del profondo sonno del suo compagno e un bel momento, anzi, si addormenta anche lui. Ma un altro bel momento si sveglia e con terrore vede che il suo allora poco importuno compagno è stramazzato a terra e si muove solo per il traballamento del treno. Premuroso egli si precipita sul disgraziato, lo scuote, lo solleva, lo interroga, e infine si accorge che è morto.

— È morto, è morto, — pensa, con le mani fra i capelli; — e adesso Dio sa quante seccature avrò, se pure non mi accuseranno di averlo ucciso io.

Allora cosa fa? Piglia e butta fuori dal finestrino il morto, con cappello bastone e tutto.

Ed ecco si arriva a Parigi, e i fratelli del morto vanno nello scompartimento per rinnovare il giochetto fatto alla stazione di Lione, prelevare cioè il caro cadavere, farlo scendere, condurlo in carrozza alla tomba di famiglia.

Che è che non è, guarda qua, guarda là, il morto non si vede più. Disperati interrogano il viaggiatore che tira giù le sue valigie e pare un bravo uomo.

— Per piacere, signore, non ha veduto lei qui un viaggiatore che dormiva?

—Sì, sì, — risponde l'altro, gentilissimo. — L'ho visto. È sceso all'altra stazione.

Arrivati anche loro, Beniamino e il compagno, alla piccola stazione del paese dove abitava la duchessa, scesero assieme.

Scesero assieme perché durante l'ultimo tratto di viaggio erano rimasti soli e Beniamino aveva confidato all'altro lo scopo intimo della sua visita alla bisnonna, vale a dire la certezza di ritrovare finalmente la fidanzata ideale.

— Nonnina però, sebbene ami la gioventù, è molto austera e non mi permetterà di stare neppure un momento solo con la fanciulla. Tu dovresti accompagnarmi: avrai un'ospitalità regale. Farai un po' di corte a nonnina, ed io potrò così fare una passeggiatina in giardino con la fanciulla.

— Ma bravo! Tenerti il moccolo e addizionare i miei venti agli ottantanni della duchessa per formare un secolo giusto. Ma bravo davvero!

Ma poiché erano tutti e due buoni e bravi ragazzi davvero, si misero d'accordo e scesero assieme.

La notte era calda, serena. Grandi stelle rosse, azzurre, verdognole, raggiavano sul cielo scuro, e i due giovani camminarono per un pezzo col viso in aria quasi orizzontandosi al chiarore astrale. Del resto la strada lievemente in salita era abbastanza rischiarata dai lumi dei casolari e da un fuoco di stoppie che bruciava in un campo: e la villa della duchessa era lì a due passi, bianca sullo sfondo nero e stellato degli alberi del giardino. Già se ne vedeva il profilo merlato; e un profumo di rose, a tratti, pareva illuminasse l'aria.

— Nonnina ha la passione delle rose, — spiega Beniamino con una voce che non pare più la sua; una voce tenera, musicale, colorita anch'essa di quel profumo e dei riflessi delle stelle. — Ne fa venire le piante da tutte le parti del mondo, anche dalla Persia, e il giardino, la casa, le terrazze ne sono sempre piene.

— È il profumo che più amo, — dice l'altro, serio e grave. — Quando odoro una rosa sento uno stordimento misterioso; mi ricorda come una vita anteriore, bellissima.

Intanto erano arrivati sotto la villa: una figura di donna, tutta vestita di nero, con un fazzoletto nero legato a benda intorno alla testa, stava seduta immobile sul paracarri della strada e guardava verso la valle. Dall'altra parte della strada la villetta appariva silenziosa, con solo qualche finestra all'ultimo piano, dove dormiva la servitù, debolmente illuminata: pareva che già tutti si fossero ritirati, e quando i due amici si avvicinarono al cancello, Beniamino si meravigliò di trovarlo socchiuso.

Pratico del luogo andò avanti per il viale d'ingresso, e vide che anche la terrazza al primo piano nascosta fra gli alberi, era con le vetrate aperte e illuminata; e anche lassù, fra le ghirlande di rose rampicanti che salivano dalle colonne del portichetto sottostante, una figurina bianca di donna, seduta accanto alla balaustrata, appariva immobile nell'incanto della notte.

— È lei, dev'essere lei, — dice sottovoce Beniamino, piegandosi sul compagno. — Quella è la camera che nonna di solito assegna agli ospiti. E quante volte mi sono arrampicato dal portico alla terrazza per entrare di sorpresa dalla mia mamma.

— Perché non lo fai ancora? Forse lei ti aspetta, — dice l'altro, fra il serio e il beffardo.

Un attimo; e il cuore di Beniamino palpita come quello del principe che vuol rapire la bella prigioniera dell'orco. Gli antichi istinti di animale rampicante si arrampicano a loro volta nelle sue vene giovani e lo spirito avventuroso che è la parte più viva del suo carattere, eredità degli avi spagnuoli, lo prende e spinge come un vento di ubbriachezza.

Il lieve accento di beffe dell'amico lo ha punto: e in fondo forse egli tenta l'avventura per dimostrare la sua agilità e il suo ardire: ma è anche una specie di scalata al sogno che egli vuol fare, poiché l'occasione si presenta e il sogno si prende solo così, come i giovani cacciatori prendono l'aquila in cima alla roccia.

Senza più parlare butta giù il cappello: poi rapido e silenzioso si avventa verso il portico, giungendovi quasi piegato a terra: abbraccia la colonna, vi si allunga, sale, sale, è in cima come il vincitore dell'insaponato albero di cuccagna; salta dritto sulla terrazza. Un grido incrina il silenzio cristallino della notte.

— Nonnina! perdonami. Ti ho spaventata? Volevo farti una sorpresa.

La piccola vecchia sebbene spaventata gli sorride con tutti i suoi bei denti falsi, e mentre lui le bacia la mano destra inanellata, con la sinistra gli dà dei colpi non troppo lievi alla testa.

In un attimo tutta la villa si sveglia. Anche nel giardino si sente parlare e ridere, e Beniamino dice che ha lasciato giù il suo amico. Allora la duchessa, non senza una punta di malizia, gli spiega che l'ospite era giù a passeggiare nella strada, in cerca di fresco: nel vedere i due uomini entrare per il cancello lasciato socchiuso da lei, li ha certo seguiti, e dietro le spiegazioni del compagno rimasto nel viale ride con lui per la prodezza di Beniamino.

Ma Beniamino non si scompone, anzi pensando che le donne che passeggiano sole la notte per le strade, non gli vanno a genio, si allunga e fa il saluto militare.

— Tutte le esperienze son buone nella vita. E ride bene chi ride l'ultimo.

Natale

I cinque fratelli Lobina, tutti pastori, erano tornati dai loro ovili per passare la notte di Natale in famiglia.

Era una festa eccezionale, quell'anno, perché si fidanzava la loro unica sorella, con un giovane ricco. Il fidanzato doveva essere per la prima volta quella sera ammesso in casa, e i fratelli volevano far corona alla sorella che per dimostrare al futuro cognato che se non erano ricchi come lui erano in cambio forti, sani, uniti fra loro come un gruppo di guerrieri.

Fu mandato avanti il fratello più piccolo, Felle, un bel ragazzo svelto di sedici anni, dai grandi occhi dolci e vestito di pelli lanose come un San Giovanni Battista adolescente, portava nella bisaccia un maialetto, per la cena.

Il piccolo paese di montagna era coperto di neve casette nere addossate al monte parevano disegnate su un cartone bianco, e la chiesetta circondata da un terrapieno sostenuto da macigni, tra due fila d'alberi fantasticamente coperti di neve e ghiacciuoli, appariva, sopra il paese, come uno di quegli edifici informi che si profilano nelle nuvole. Tutto era silenzio: gli abitanti sembravano sepolti sotto la neve.

Felle trovò solo, nella strada che conduceva a casa sua, le impronte di un piede di donna, e si divertì a camminarci sopra. Cessavano davanti al cancello che chiudeva il cortile che la sua famiglia possedeva in comune con un'altra famiglia pure di pastori. Le due casette, in fondo al cortile, si rassomigliavano; le porticine erano socchiuse e ne usciva una nuvola di fumo.

Egli guardò la casa dei vicini, e fu contento di vedere il viso rosso di freddo e gli occhi grigi di Lia, la maggiore delle sue vicine, che lo salutava dalla finestruola.

S'udivano le sorelline piccole di Lia cantare, riunite nella cucina, una canzonetta d'occasione, una ninna-nanna in onore di Gesù Bambino:

Su Ninnieddu

Non portat manteddu

Né mancu corittu,

In tempus de frittu

Non narat «tittia»

Dormi, bida e coro,

E reposa anninnia.

Felle s'avvicinò alla porta dei vicini: Lia gli venne incontro di corsa, toccò la bisaccia di lui e disse:
— La serva del fidanzato di tua sorella ha già portato il regalo; vedi le sue traccie. Farete grande festa, voi, ma anche noi!

Felle tentò di toccarla, ma Lia scappò chiudendogli la porta in faccia, ed egli entrò in casa sua.

La sorella, alta e sottile, con fazzoletto di seta colorato intorno al viso roseo, nascondeva la sua gioia sotto un'aria di grande compostezza: anche la madre, piccola e umile, nel suo costume di vedova, aveva un'espressione insolita, quasi di superbia. Felle ne provò soggezione: trasse dalla bisaccia il porchetto, con la cotenna tinta di sangue, e volle vedere quello mandato dal fidanzato: sì, era più grosso, quello del fidanzato.

Poi arrivarono gli altri fratelli, portando nella cucina prima tutta in ordine e pulita, le impronte dei loro scarponi pieni di neve e il loro alito caldo e il loro odore selvatico. Erano tutti forti, con le barbe nere, il corpetto abbottonato fino al collo. Si trovarono tutti in piedi, come per far davvero quasi una specie di corpo di guardia intorno all'esile figura della sorella, quando arrivò il fidanzato. Era quasi un ragazzo, del resto, con un'aria timida: ma lo accompagnava il nonno, perché neanche lui aveva più il padre; e questo nonno, vecchio di ottant'anni, vestito di panno e velluto come un gentiluomo medioevale, con le uose di lana sulle gambe ancora dritte, squadrò coi suoi vividi occhietti neri i cinque fratelli, e parve passarli in rivista, come un generale: poi fece loro il saluto militare. Era ben degno di loro: era un reduce delle patrie battaglie, e oltre a questo un famoso poeta estemporaneo.

Gli fu dato il posto migliore accanto al fuoco, e a sul suo petto, fra i bottoni del suo giubbone, tutti videro scintillare una medaglia. La fidanzata gli versò da bere; poi versò da bere al fidanzato e questo, nel prendere il bicchiere le mise in mano una moneta d'oro. Ella lo ringraziò con gli occhi; poi, come di nascosto, andò a far vedere la moneta alla madre ed a tutti i fratelli, in ordine di età, mentre portava loro il bicchiere colmo. Felle tentò di prenderle per scherzo la moneta: ella la strinse nel pugno minacciosa. Avrebbe meglio ceduto un occhio.

Il vecchio sollevò il bicchiere.

— A cento anni!

— In vita vostra — risposero tutti in coro.

— Se Dio vuole, sì! La vita è bella — egli disse con un gesto quasi di sfida.

Il fratello maggiore, che sebbene contasse appena ventisei anni posava a uomo serio, rispose: — Sì, quando si passa bene.

— Da noi, dipende, passarla bene, ragazzo! I giorni nostri sono come il nostro gregge: bisogna guardarli, mungerli, non lasciarli sbandare. Te la vuoi cantare un'ottava, su quest'argomento?

Allora cominciarono a cantare, ciascuno sostenendo la sua tesi. Il poeta giovane era un po' fatalista; diceva, nei suoi versi, che tutto è destino; il vecchio gli diceva «tu non conosci ancora la vita» e raccontava la sua, fin da quando era stato bersagliere in Crimea.

— L'anno venturo forse anche tu e i tuoi fratelli e nipote mio passerete il Natale in guerra; solo allora conoscerete il valore della vita che il nemico tenterà di strapparvi come quel ragazzo lì voleva strappare la moneta dal pugno della fidanzata. Che avete conosciuto voi, finora? La lotta col vento, o coi ladri vili o con l'astore e la volpe.

— Se noi andremo in guerra saremo i primi: distruggeremo il nemico come l'astore e la volpe. Prenderemo non una ma cento medaglie.

E tutti i giovani si misero a urlare di gioia, mentre il vecchio guardava umiliato la sua piccola medaglia.

Fuori le campane suonarono annunziando la messa. E nella casa del vicino i bambini continuavano la loro cantilena in onore di Gesù Bambino.

Era tempo di cominciare a preparare la cena, e la madre aiutata da Felle e dai fidanzati toglieva le coscie del porchetto e le infilava nello spiedo fermo a terra.

— Tu ne porterai un pezzo in regalo al vicino, disse a Felle: ed egli scelse la coscia più grassa, la prese per la zampa e uscì nel cortile. Era una notte gelida ma calma e d'un tratto pareva che il paese si fosse destato, in quel chiarore fantastico di neve, perché, oltre il suono delle campane, si udivano canti e grida. Anche nella casetta del vicino, Felle sentì un grido, ma diverso dal solito; un grido di dolore che lo fece star lì, sulla porta, col suo dono in mano. Poi entrò. I bambini, accovacciati intorno al focolare, tacevano, d'un tratto, spauriti. Erano soli; ma Lia scese di corsa dalla cameretta di sopra e prese il regalo, spingendo poi subito Felle ad andarsene.

— Non capisci, idiota? Aspettiamo anche noi il Messia.

Egli tornò pensieroso a casa sua. Là tutto era vita, movimento, gioia. Mai un Natale era stato così bello, neppure quando viveva suo padre, sebbene il vecchio reduce si lamentasse che tutto cadesse in disuso, che non ci fossero più i balli, i riti, le cerimonie che un tempo rendevano indimenticabile la notte di Natale.

Anche la vedova raccontava che quando era ragazza lei anche le donne prendevano parte ai canti estemporanei, e si danzava fino all'alba intorno ai focolari accesi. Felle era contento lo stesso. Girava lo spiedo, accanto alla fiamma, e pensava alla casa del vicino. E gli pareva che la nascita d'un uomo sia grande e misteriosa come quella d'un Dio.

Al terzo tocco della messa il vecchio reduce batté il suo bastone sulla pietra del focolare.

E tutti si alzarono per andare alla messa. In casa rimase solo la vedova, per badare ai suoi spiedi.

Gli altri andarono, come in corteo di nozze, intorno ai due fidanzati. Il vecchio li guidava come tanti suoi nipoti. La neve attutiva i loro passi. Figure imbacuccate salivano, su per la strada che conduce alla chiesa, con lanterne in mano, descrivendo ombre e chiarori fantastici. Si scambiavano saluti e si batteva alle porte chiuse, per chiamare tutti alla messa. Felle andava come in sogno, ubbriacato dal vino bevuto, ma soprattutto dalla sua giovinezza. E non aveva freddo; gli alberi bianchi, intorno alla chiesa, staccati sul bianco opaco della montagna, gli sembravano mandorli fioriti. Era più allegro dei fidanzati: si sentiva, sotto le sue vesti di pelle, caldo e felice, d'una felicità sensuale, come un agnello al sole di maggio: i capelli sulle orecchie e sulla nuca, freschi di quell'aria di neve, gli sembravano fatti d'erba. Pensava alla carne grassa che avrebbe mangiato, e nello stesso tempo pregava; e pensava anche al bambino Gesù come a un vero bambino nudo che nascesse nel freddo d'una stalla e sentiva voglia di piangere, di coprirlo con la sua pelle.

Si confortò all'entrare in chiesa: l'illusione della primavera continuava, là dentro: l'altare era tutto coperto di fronde d'arancio coi frutti maturi e i fiori. L'odore di questi vinceva la puzza di selvatico che emanava dal popolo di pastori riunito nella chiesetta. I ceri brillavano tra le fronde e i rami e l'ombra di questi si spandeva sulle pareti nude come sui muri di un giardino. Gli uomini più anziani e dalla voce sonora, intorno all'altare, intonavano gli uffici. Il vecchio reduce prese posto fra loro. Di lontano Felle vedeva scintillare la sua medaglia.

In una cappella accanto, sorgeva il presepio: una montagna di sughero con boschetti di corbezzoli coi frutti rossi; e una cometa d'oro che guidava i Re magi. E questi scendevano cauti dal sentiero della montagna, coi loro doni. E tutto era bello, nel mondo, tutto luce e amore. I re potenti andavano a portare doni ai figli dei poveri, le stelle camminavano sul firmamento per accompagnare con la loro luce il viaggio degli uomini: nessuno più si smarriva, il sangue di Cristo pioveva sui cespugli e faceva sbocciare le rose e sugli alberi i frutti, e il Regno di Dio veniva sulla terra.

Gloria. Gloria.

Gloria a Dio nel più alto dei cieli.

E pace in terra agli uomini di buona volontà.

Poi il sogno cessò: i lumi furono spenti e la gente se andò. Il gruppo dei suoi s'era di nuovo formato, davanti alla porta della chiesa: egli andò fra loro. Sentiva un po' freddo, adesso, perché era stato sempre inginocchiato sul pavimento umido, ma la sua gioia non diminuiva. Anzi aumentava. Apriva le narici come un cane, fiutando d'odore di carne cotta che usciva dalle case, e si mise a correre per arrivare in tempo ad aiutare la madre ad apparecchiare per la cena. Era già tutto pronto. La vedova aveva steso una tovaglia di lino, per terra, su una stuoia, e altre stuoie attorno. E aveva portato un piatto di carne e un pane e un vaso di vino cotto ove galleggiavano delle fette di scorza d'arancio, sotto la tettoia a fianco della casa, perché il marito defunto, se mai la sua anima tornava quella notte a visitare la sua casa, trovasse da sfamarsi. Felle andò a vedere: collocò il piatto e il vaso più in alto, su un'asse attaccata al muro, perché i cani non ci arrivassero, poi tornò dentro, dopo aver guardato la casa dei vicini.

Si vedeva sempre luce alla finestra, ma tutto era silenzio, nella casa dei vicini. Una piccola stella era apparsa in uno squarcio di cielo, sopra i monti nevosi, come quella del presepio. Dentro, cominciò il banchetto; nel mezzo della mensa s'alzava come una piccola torre d'avorio un mucchio di focacce tonde, lucide; e ciascuno dei commensali si sporgeva e se ne tirava una a sé, a misura che gli bisognava. Anche la carne, tagliata a grosse fette, stava entro larghi vassoi di creta, e ognuno si serviva senza essere troppo sollecitato.

Felle, seduto accanto alla madre come quando era ancora bambino, aveva tirato davanti a sé un vassoio, e mangiava senza badare più a nulla. Solo, attraverso scricchiolio della cotenna abbrustolita del porchetto, sentiva i discorsi dei fratelli e del vecchio. Questo raccontava una leggenda.

— Aveva appena cinque giorni di età, Gesù, quando volle recarsi in giro per il mondo a chieder la focaccia che si fa per Capodanno. Batté a una porta, cantando:

Dademi su canneu

chi m'hat mandadu Deu

e i sa Trinidade,

su canneu mi dade.

La padrona di casa, una ricca avara, mise in forno una focaccia piccola, ma questa crebbe tanto che invase tutto il forno. La donna avara disse al bambino: aspetta, — e mise al forno una focaccia ancora più piccola. Ma anche questa crebbe, crebbe; e lei a metter sempre focacce piccole, fino a ridurle come una moneta: e più eran piccole più crescevano; finché Gesù si stancò e se ne andò: ma quando la donna avara mangiò le focacce le trovò tutte acide.

Poi ricominciarono a cantare. Felle, sazio, beato, si sdraiò in un angolo della cucina: aveva sonno ma non voleva addormentarsi per non perdere nulla della festa, e perché doveva ripartire prima dell'alba. La sua bisaccia era già lì, pronta, con un po' di focacce e di noci da rendere meno melanconico il pasto del domani su nella solitudine dell'ovile.

D'un tratto gli venne un'idea. Uscì fuori e andò a vedere se c'era ancora il tagliere con la carne, sull'asse sotto la tettoia. C'era ancora: no, i morti non erano passati, o forse erano passati, senza toccare il cibo: e gli venne una grande melanconia pensando che i morti non mangiano più. Ma egli non ebbe il coraggio di toccare nulla. Tornò ancora una volta ad attraversare il cortile. La porta dei vicini era socchiusa e di nuovo usciva il fumo. Egli si avvicinò e guardò. Vide Lia, davanti a un canestro. E dentro il canestro, fra pannolini caldi, stava un neonato; un grosso bambino col viso rosso, due riccioli sulle tempia e gli occhi già aperti.

Felle entrò, curioso e turbato, e si piegò anche lui a guardare.

— È nato a mezzanotte precisa — disse Lia — mentre le campane suonavano il Gloria. Le sue ossa, quindi, non si disgiungeranno mai ed egli le troverà intatte, il giorno del Giudizio.

—Sembra Gesù — disse Felle — e non osò toccare la fanciulla, sebbene ne avesse un gran desiderio, perché gli parve che il neonato li guardasse. E parve li guardasse, infatti, così giovani e belli, così piegati sul mistero della sua nascita: e tutti e tre assieme, sullo sfondo di quella cucina povera come una stalla, parevano una Sacra Famiglia.

Nelle notti lontane dell'adolescenza sognavo spesso una casa bellissima: sale e sale, coi mobili d'oro e di legno lavorato, i pavimenti luminosi, le vetrate che si aprivano su terrazze fantastiche degradanti al mare. Il luogo non mi apparteneva: eppure io sola l'abitavo, e ne provavo un senso di felicità e di smarrimento assieme. Reminiscenze della recente infanzia, delle narrazioni fiabesche importate dall'Oriente, ricche di palazzi incantati; germi di ambizione e credenze superstiziose, rinforzate dalle profezie bene auguranti della balia, destavano poi disagevole l'umile realtà della nuda casa paterna.

Ed ecco la sera del nove dicembre del 1927 il sogno si rinnova, con la meravigliosa consistenza della realtà. Già tutta la realtà, da un mese a questa parte, si fonde per me con un senso di fantastico che riporta la gioia e lo sgomento degli squilibri psichici dell'adolescenza.

È vero? Non è vero? Il lungo viaggio da Roma a Stoccolma, incerto fino all'ultimo momento, si è compiuto come una breve gita di piacere: la traversata del Baltico, di questo mare che la fantasia vedeva mortalmente nero tempestoso, si è mutata in una pacifica notte di sonno; la Scania, la Lombardia svedese, ha steso da una parte e dall'altra del caldo e soffice treno i suoi paesaggi chiarissimi sotto il cielo di metallo appannato, coi profili vaporosi delle città, la nota rossa delle case dei contadini, le foreste d'abeti fiorite delle prime nevi, i campi d'orzo e di grano già verdi sotto un velo di brina, i mulini a vento che sull'orizzonte delle fertili piante addormentate giocano come i bambini irrequieti nelle sere di luna estiva, quando la madre stanca sonnecchia sulla soglia della porta. Poi il lungo e lento crepuscolo ha dorato e confuso il cielo la terra e le cose: le muriccie lungo i margini dei prati e sui rialti al confine dei boschi rassomigliano a quelle delle *tancas* di Sardegna; una capanna scavata nella roccia, con una quercia che cresce sul tetto di terra, appare e scompare in una visione allucinante. Affiorano alla memoria i ricordi lontani; poi il cielo si scolora e si spegne; e sulla stoffa dei sedili dello scompartimento le tre corone scandinave, intrecciate all'alloro, mi richiamano ancora alla realtà del luogo e del tempo.

Realtà che di nuovo si muta in una allucinazione fiammeggiante all'arrivo a Stoccolma.

Ai piedi del treno, che si è fermato di botto come sventato anch'esso dallo spettacolo, mi trovo, piccola e sgomenta, tra una folla di giganti. Un chiarore di incendio illumina lo scenario magnifico: fiori dai colori italiani, fiori dai colori svedesi, rosso e azzurro, verde e bianco ed oro, mi avvolgono come un solo stendardo: un viso leale e forte si piega sul mio e due occhi di fanciullo mi sorridono, mentre la bocca, che ha la piega maliziosa dei giovani contadini della Dalecarlia, pronunzia parole di saluto. È la Svezia stessa che mi dà il benvenuto con la voce del suo grande poeta, del poeta della terra, dell'amore puro, dell'amicizia dell'uomo con Dio: Karlfeldt.

E adesso sono nel palazzo incantato dei sogni dell'adolescenza. La sua leggenda è recente: un principe di sangue regale lo fece costrurre per passarvi la vita con la donna amata. La vita però è felina, crudele anche coi principi innamorati: divise i due sposi, li mandò uno di qua e uno di là per il mondo. Adesso la villa, che è tutta una gemma di luce e di buon gusto, appartiene al Governo italiano; di nuovo due principi sposi ne accrescono l'incanto: don Ascanio Colonna, ministro d'Italia, e la principessa Elly per la quale Gabriele d'Annunzio ha evocato l'uva di Corinto, il grappolo bruno e azzurro che a sua volta ricorda

la forca della rondine che vola.

Dalle grandi vetrate della villa, di là delle terrazze e dei giardini bianchi di marmi e di neve, si gode giorno e notte uno dei più fantastici paesaggi di Stoccolma: il golfo sempre sfolgorante di riflessi, con altri castelli regali, le isolette coperte di ville e giardini: piroscafi e vaporetti colorati solcano di continuo le placide acque d'argento: d'argento è pure l'aria il cui silenzio è rotto solo dal grido invernale delle cornacchie.

Questa impressione di silenzio ci segue anche nelle strade più animate della città: la neve copre le case, i viali, gli alberi; la gente cammina rapida, e gli stessi ragazzi, che attraversano il parco di Djurgärden o sulle rive del lago di Mälar gettano pezzi di pane alle anitre selvatiche, sono silenziosi e quasi austeri.

Nel mattino rigido e bianco l'aspetto della città continua ad apparirmi con un colore fiabesco, quasi lunare; i doppi cristalli delle finestre senza persiane riflettono la luce gelida ma perlata del cielo, e l'atmosfera, al contrario di quella di altre grandi città, è pura come in piena campagna.

Ecco il Castello Reale, che sorge dalle acque e vi si riflette intero, sfiorato dal volo dei gabbiani come nel celebre quadro del Principe Eugenio; ecco il Palazzo di Città coi suoi portici medioevali e la torre che gli dà l'imponenza religiosa di un tempio; ecco il Pantheon svedese, la chiesa di Riddarholm, dove sono sepolti Gustavo-Adolfo e i Re suoi discendenti: e via via in fugace visione gli altri monumenti, dal Riddarhuset (il palazzo dei Nobili) ai vari Musei, fra i quali il più interessante è quello del Nord, vigilato dalla grande e significativa statua in legno di Gustavo Vasa, e intorno il caratteristico Skausen «musée de plein air» dove sotto gli abeti del grande parco nevoso sorgono le casette, le torri, la chiesa in legno delle antiche regioni popolari agricole e patriarcali: la Svezia di Selma Lagerlöf.

Nel pomeriggio, che è già velato dal crepuscolo e dal velo della neve cadente, si attraversa di nuovo la città, dalla vecchia Stoccolma tradizionale coi ponti alti e le lunghe case di legno, basse e istoriate, alla Kungsgatan modernissima illuminata a giorno come un teatro in serata di gala. Le vetrine sembrano salotti pieni di donne eleganti, o serre di fiori e di frutta miracolose. Tutta la città è in festa per il prossimo Natale, e file e festoni e alberi di lumi colorati sfolgorano nelle larghe strade e nelle piazze senza sfondo. È la lotta della luce contro le tenebre delle lunghe notti polari: e la capitale della Svezia, che senza dubbio è la città più civile e raffinata del mondo moderno, ci appare ancora una volta nella tradizionale bellezza delle sue leggende romantiche: ci ritorna alla memoria un disegno di Gunnar Hallström, la giovinetta incoronata di lumi accesi, col vassoio sul quale ci offre il caffé caldo che sveglia lo spirito intorpidito dal gelo.

Attraverso queste luci e queste significazioni della metropoli ospitale, si arriva al Palazzo dei Concerti, dove ha luogo l'assegnazione dei premi Nobel. La folla delle grandi occasioni, quella dei sudditi che aspettano il passaggio del loro Re come i fedeli che nel simbolo del Re vedono Dio, circonda la piazza e annerisce i marciapiedi delle strade intorno all'edificio. Gli Svedesi tutti sono orgogliosi di questa festa dell'ingegno, della scienza, della regalità. I giornali italiani ne hanno riprodotto gli echi, e non spetta a me, in questo momento, descriverla. Ricordo solo che quando i Re e i Principi di Svezia e le bellissime Principesse si alzarono per accompagnare con la voce del loro spirito l'Inno reale svedese suonato dall'orchestra di Corte e cantato sottovoce dalla folla degli invitati, un fremito di passione religiosa fece vibrare la sala, come se un canto d'organo, trasportasse in alto, fuori del tempo e dello spazio, le anime dei potenti della terra e quelle degli umili ricercatori della perfezione umana, fuse in una sola aspirazione del divino.

E qui credo utile per i lettori ridiscendere nei campi coltivati della storia e ricordare che la Dinastia svedese ha origini latine.

Carlo Giovanni Bernardotte, Maresciallo di Francia, Principe di Pontecorvo, fu poi Re di Svezia e Norvegia col nome di Carlo XIV.

Nato nel 1764 a Pau, rivoluzionario, arriva al grado di colonnello. Milita nell'esercito del Reno: coraggio e talento militari. Durante la spedizione in Italia disse di Napoleone: «Ho veduto un uomo dai ventisei ai ventisette anni, il quale vuole avere l'aria di averne cinquanta; e ciò mi fa presagire poco bene per la Repubblica». Napoleone disse di lui: «Testa francese posta su un cuore di romano». Nella spedizione d'Italia si distinse al passo del Tagliamento e alla presa di Gradisca. Fu antinapoleonico e prese parte alla congiura di Moreau. Napoleone lo perdona. Nel 1804 lo nomina Maresciallo, e, dopo la battaglia di Austerlitz, principe di Pontecorvo; poi, per accresciuti sospetti di poca fedeltà, lo esilia. Gli Svedesi lo creano loro Re, grati per la moderazione con la quale egli condusse la guerra contro di essi quando, nel 1810, a Gerolamo IV sostituirono Carlo XIII di Svezia quale Principe reale.

Bernardotte si fa luterano. Combatte contro la sua patria insegnando agli alleati la tattica che aveva appreso alla scuola napoleonica. Fu riconosciuto dalla Corte di Svezia quale Re, nel 1818, alla morte di Carlo XIII. Riunì con un canale l'Oceano Atlantico al Baltico, e fu questa l'opera più grande della sua vita. Alto e prestante, acceso di pelo e di carnagione, abile spadaccino, uomo politico, guerriero e gentiluomo perfetto, creò una dinastia di Re e di Principi coltissimi, artisti, vigorosi di corpo e di spirito.